Peter Faszbender

Advent, Advent ...

Im Schatten der Besinnlichkeit

Kurzgeschichten

Bibliografische Information der Deutschen Nationalbibliothek:
Die Deutsche Nationalbibliothek verzeichnet diese Publikation in der Deutschen Nationalbibliografie; detaillierte bibliografische Daten sind im Internet über http://dnb.dnb.de abrufbar.

Lektorat & Korrektorat: Deutsches Lektorenbüro, Würzburg
Covergrafik: Janet Levrel

Herstellung und Verlag: BoD – Books on Demand, Norderstedt

ISBN: 978-3-7557-3975-3

Inhaltsverzeichnis

Zum Geleit ...

... plötzlich war er wieder da!

Advent. Adventus Domini, Ankunft des Herrn. Die Adventszeit beginnt am Vorabend des ersten Advents mit der Vesper. Alle Jahre wieder, und alle Jahre wieder zur gleichen Zeit, ist das Weihnachtsfest am 25. Dezember. Optimale Voraussetzungen, um die besinnliche Zeit zur Vorbereitung zu nutzen. In vielen Familien gibt es feste Bräuche, feste Rituale, feste Abläufe. Nichts Unvorhersehbares vorstellbar, kein Planungsbedarf gegeben, alles geregelt? Somit könnte der Advent seiner Bestimmung nach entspannt und besinnlich genutzt und gelebt werden ... In einer idealen Welt vielleicht, aber werfen wir doch mal einen Blick auf Situationen, wo es nicht »normal« läuft. Auf den Irrsinn festtäglicher Vorbereitungen ...

Krisensitzung

Er schlägt auf den Küchentisch und schreit: »Jetzt ist aber mal gut. Jedes Jahr die gleiche Diskussion, ich kann es nicht mehr hören. Einmal, ein einziges Mal kannst du doch nachgeben!«

Sie verschränkt die Arme über der Brust und starrt ihn mit versteinerter Miene an. Er sinkt zurück in den Stuhl.

»War's das jetzt mit dem Egotrip für heute, Horst?«

»Red nicht mit mir, als wäre ich ein kleines Kind, Sabine. Ich bin der Mann im Haus und als Haushaltsvorstand …«

»Der Mann in meinem Haus, mein Lieber«, unterbricht sie ihn.

»Unser Haus, Schatz«, presst er heraus.

»Das Grundbuch sieht das etwas anders«, erwidert sie spitz.

»Wenn wir uns jetzt in juristischen Kleinigkeiten verzetteln, werden wir unser Problem nie lösen«, nörgelt er.

»Ich habe kein Problem, Horst. Jeder macht sich seine Probleme selbst. Ich habe die Lösung, wir machen es so, wie von mir vorgeschlagen, und alles ist gut. Keine Probleme, kein Streit. – Harmonie pur.«

»Meine Mutter hat jedes Jahr …«

»Deine Mutter ist seit drei Jahren tot. Und auch als sie noch lebte, war es lächerlich, nach über zehn Jahren Ehe immer noch das Muttersöhnchen zu spielen.« Sie lacht gequält auf. »Meine Mamma hat das aber immer anders gemacht. Mamma hat das aber nie getan. Mamma würde das jetzt aber für mich tun«, fügt sie mit quengeliger Stimme hinzu.

»Es ist noch keine drei Jahre her, dass meine Mamma nicht mehr unter uns ist, und du wagst es, dich lustig zu machen?«, schnaubt er.

»Oh, habe ich das sensible Seelchen des Waisenkindes beschädigt? Was hätte Mutti denn jetzt für ihren Kleinen gemacht?«

Er springt auf. »Mach dich nur lustig, Sabine, gerade du!«

»Was soll das denn schon wieder heißen?«

»Na was schon, Pappas Prinzesschen musste doch nie einen Handschlag tun, alles wurde für dich erledigt. Deine Mutter kann einem richtig leidtun.«

»Das ist ja wieder logisch, dass du dich auf die Seite meiner Mutter schlägst. Einmal Muttersöhnchen, immer Muttersöhnchen!«

»Es trifft mich zutiefst, wenn es eurer Hoheit nicht beliebt. Aber die Tage des verwöhnten Nesthäkchens und der Prinzessin, die man auf Händen trägt, sind vorbei, endgültig vorbei. Jedenfalls in diesem Haus.« Er lässt sich wieder auf seinen Stuhl fallen.

Langsam und ruhig führt sie aus: »Ich hatte und habe keineswegs vor, hier in meinem Haus die Monarchie einzuführen, aber ein gewisses Entgegenkommen und vor allem Respekt habe ich unter meinem Dach schon verdient.« Auf dem Küchenstuhl thronend, nickt sie ihm würdevoll zu.

»Ich habe mehr als genug von meinem sauer verdienten Geld in das Haus hier gesteckt, Sabine«, presst er leise heraus.

»Das ist ja auch das Mindeste. Wenn ich bedenke, wie lange du hier schon mietfrei wohnst, dann sind die paar kleinen Schönheitsreparaturen doch das Geringste, was ich als Besitzerin des Anwesens verlangen kann. Und es ist ja auch nicht so, dass ich nichts bezahlt habe, um das Haus über die Jahre zu unterhalten …«

»Du und bezahlen? Dein Vater hat dir das Geld doch immer hinten und vorne reingesteckt. Hast du einen selbst verdienten Euro hier in das Haus oder in unsere Ehe eingebracht?«

»Ich sehe nichts Verwerfliches darin, wenn mir mein Vater während des Studiums ein wenig unter die Arme greift. Das ist ja auch nichts Ungewöhnliches, Eltern machen so was.«

»Fünfunddreißig Semester Philosophiestudium sind ja auch keine Zeit, man will das Prinzesschen ja zu nichts drängen.«

»Philosophie ist eine jahrtausendealte Wissenschaft, um nicht zu sagen, seit der Mensch denken kann. Das geht nicht so schnell von der Hand wie eine Buchhalterlehre«, säuselt sie.

Er verzieht das Gesicht. »Ich bin staatlich geprüfter Betriebswirt, das weißt du ganz genau.«

»Was auch immer, Schatz, jedenfalls hängst du jahrein, jahraus in der Buchhaltung ab und verstaubst.«

»Zumindest bin ich produktiv!«

»Na ja, von mir aus, nennen wir es produktiv. – Ich denke mal, wenn dein Chef, der Besitzer des Unternehmens, kommt und einen Wunsch äußert, dann versuchst du doch sicher, das möglich zu machen, oder?« Sie lächelt ihn verschmitzt an.

»Du bist nicht mein Chef«, entgegnet er.

»Wie man's nimmt, aber sei's drum – bevor du dich deswegen schon wieder künstlich aufregst. Zurück zum Thema, was machen wir denn jetzt?«

Er starrt sie an, atmet tief durch. »Wie immer?«

»Och, Horst, das ist doch nicht dein Ernst?«

»Wenn wir doch sonst keine Lösung finden …«

»Okay«, sie lässt den Kopf sinken und kritzelt auf den Zettel vor sich. »Heiligabend: Kartoffelsalat und Würstchen.«

Adventsspaziergang

»Warum hast du denn diese grelle orange Weste an, Paul?«, fragt sie, als die beiden vom Parkplatz aus in den Wald spazieren.

»Das trägt man jetzt so, Petra.«

»Und warum habe ich dann nicht so eine Weste?«

»Wie gesagt, Mann trägt das jetzt«, sagt er und lacht.

»Frau gewandet sich dann wohl zurzeit in Felloptik – oder warum hast du mir dieses Fake Fur hier gekauft, Paul?« Sie streicht den Webpelz glatt.

»Das kommt doch nie aus der Mode«, murmelt er. »Und wenn doch, ist es ruckzuck wieder modern, was für immer halt.«

Sie schüttelt den Kopf. »Ich werde bestimmt nicht für den Rest meines Lebens in dem braunen Zeug herumlaufen«, presst sie heraus.

»Warten wir es ab«, brummt er leise.

»Was hast du gesagt, Paul?«

»Nichts, Liebelein. Ich meine nur, du solltet die Sachen nicht immer gleich wegwerfen, wenn sie mal gerade nicht mehr ›in‹ sind«, schiebt er schnell nach.

»Nur weil du mit deinen drei Jeans durchs Leben kommst, muss ich ja nicht herumlaufen wie in den siebziger Jahren«, ätzt sie zurück.

»Ganz wie du meinst, Schatz«, flötet er. »Da lang, Petra.« Er deutet ins Dickicht.

»Warum sollen wir den Weg verlassen, Paul?«

»Wenn man die winterliche Natur richtig erleben will, dann darf man nicht die eingetretenen Pfade nehmen. Geh mal vor, Liebchen, damit du nicht verloren gehst«, sagt er und schubst seine Frau vor sich her.

»Ich weiß doch gar nicht, wohin …«

»Egal, Petra, die Natur ist überall, da gibt es keine falsche Richtung.«

Sie stolpert durch das Gehölz. »Unter einem Adventsspaziergang verstehe ich aber etwas anderes. Das hier macht keinen Spaß, Paul, außerdem dämmert es schon, und was ist das überhaupt für eine Knallerei?«

Er tapert mit einigem Abstand hinter ihr her. »Das kommt bestimmt von der Autobahn, im Wald hört man den Lärm immer gut, ohne die ganzen Zivilisationsgeräusche schallt der weit in die Natur.«

»Das soll von Autos kommen?«, fragt sie zweifelnd.

»Doch, doch, durch die Bäume verändert sich die Geräuschkulisse immer etwas«, ruft er zu ihr nach vorne.

»Pah, wenn du keine Ahnung hast, Paul, dann erzähl wenigstens nicht so einen Mist. Bäume verändern die Geräusche, tze tzetze …« Sie rennt weiter geradeaus. In immer weiterem Abstand folgt Paul ihr langsam. Endlich kommt sie aus dem Wald heraus und läuft auf einer ausgedehnten Wiesenfläche hin und her. »Paul, wohin denn jetzt?«

Von dem Hochstand auf der anderen Seite der Freifläche peitschen zwei Schüsse, Petra wird von einem niedergestreckt und sinkt stumm zu Boden.

Paul beobachtet die Szene aus dem Wald heraus ruhig und reibt sich die Hände: »Dieses Jahr werde ich ein sehr schönes und sehr frohes Weihnachtsfest haben …«, murmelt er, dreht sich fröhlich lachend um und marschiert Richtung Parkplatz. Lautes Quieken schreckt ihn auf, beim Versuch, die Geräusche zu lokalisieren, erkennt er eine durch die Schüsse aufgeschreckte große

Wildschweinrotte, die ihn niedertrampelt und wieder im dichten Wald verschwindet.

Disharmonie

»Nein, nein, nein, nein«, schreit Friedrich. »So nicht, ich kann so nicht arbeiten!«

Clara stöhnt auf: »Jetzt mach mal halblang, so schlecht war das doch nicht …«

»Nicht schlecht? Nicht schlecht, sagt sie … Ich kann so nicht arbeiten!«

»Wie wär's, wenn wir für heute Schluss machen?«, wirft Sven ein. »Das bringt doch nichts mehr. Was nach fünf Stunden nicht klappt, das wird auch nach sechs Stunden nichts.«

»Ah ja, der Herr«, entgegnet Friedrich. »Ist das jetzt die Grundlage für unsere Arbeit? Nicht so schlecht und wenn's nicht klappt, klappt's halt nicht – verschieben wir's auf morgen?«

»Ja – nein, aber man muss sich doch auch mal eine Pause gönnen«, sagt Sven.

»Da hat der Junge recht«, stimmt Clara zu.

»In einem Familienbetrieb gibt es keine Pausen oder Feierabend, das Unternehmen ist Teil der Familie, was sag' ich, es ist die Familie. Es ist Hingabe, Passion …«

»Obsession«, ergänzt Sven.

Friedrich lässt den Kopf sinken. »Ich bin wohl der Einzige, der das Unternehmen hier liebt und lebt. Mutter und Sohn vereint gegen den Mann, Vater, Firmengründer. – Sven muss nach dir kommen, Clara. Er schaut mir nicht einmal ähnlich.« Er betrachtet den Jungen kritisch. »Keine Ähnlichkeiten, weder äußerlich noch im Charakter.«

Clara springt auf. »Jetzt ist aber mal gut, fang bloß nicht so an. Nur weil hier einmal nicht alles ganz genau so läuft, wie du es dir vorstellst, musst du nicht alles infrage stellen.«

Sven schaut Friedrich intensiv an. »So schlecht ist der Gedanke auch wieder nicht …«

Clara schlägt mit der Faust auf den Tisch. »Ja, die Herren, macht nur so weiter, dann könnt ihr den Mist hier gleich allein machen.«

»Nein, tausendmal nein! Das hier ist Geschäfts- und Familiensache, also ziehen wir das auch gemeinsam durch«, sagt Friedrich energisch.

Sven verdreht die Augen. »Das hat doch nichts mit dem Unternehmen zu tun. Wir müssen uns gemeinsam auf das Kerngeschäft konzentrieren, das hier hat nichts, aber auch rein gar nichts mit dem Geschäft zu tun. Alberne Spinnereien des Patriarchen.«

Clara nickt. »Stimmt schon, was der Sven da sagt.«

Friedrich sackt in seinem Stuhl zusammen. »Von wegen Patriarch, verraten von der eigenen Familie. Der Dolchstoß für die Firma und die Tradition. Aber da sind wir in unserer Gesellschaft ja nicht allein. Es ist überall zu beobachten, von den Familien überträgt sich das auf den Staat, auf alle Länder, auf den ganzen Planeten. Der Untergang jeglicher Gemeinsamkeiten, jeglicher Werte, jeglicher Kultur.«

»Jo, Vadder, 'ne Nummer kleiner haben wir's wohl nicht? – Aber jetzt ist Schluss mit dem Blödsinn.« Sven zerbricht die Blockflöte über seinem Knie und wirft die Teile in die Ecke. »Mutter kümmert sich ums Büfett, ich besorge einen DJ, und fertig ist die Weihnachtsparty der Firma. Und dieser Hausmusikquatsch wird gestrichen, ein für alle Mal.«

Heimweh

»Immer das Gleiche.« Angus setzt den Kopf auf den Puppentorso und legt das Teil auf das Fließband. Immer nur Spielzeug, Spielzeug, Spielzeug, jahrein und jahraus. »Immer die gleichen Handgriffe – wenn ich da an früher denke ...« Er schaut sinnierend zur Hallendecke.

»Früher, früher, früher ... dauernd das Geschwätz von früher«, sagt sein Fließband-Nachbar Teagan und montiert die linken Arme an die Torsos. »Damals hatten wir miese Arbeitszeiten. Niemand hat sich um uns geschert. Keine Anerkennung. Wer uns kannte, hat dies verheimlicht, von den anderen wurden wir regelrecht verfolgt – deswegen sind wir auch dort weg.«

»Das kann doch nicht der Grund gewesen sein«, sagt Angus. »Ich habe letztens eine Dokumentation gesehen, da waren alle traurig, als wir weg waren.«

»Ja, sicher, weil sie dann selber arbeiten mussten. Erst wenn's wehtut, kommt die Einsicht.«

Angus nickt. »Genau, durch Schaden wird man klug, und wenn wir zurückgehen, sind wir die Stars.«

»Mach die Köpfe richtig fest«, ranzt Teagan den nachdenklichen Angus an. »Von wegen Stars, wir wären die gleichen wie damals, hilfreiche Trottel, und alle anderen machen sich ein schönes Leben.«

»Ach was.« Angus winkt mit ausladender Geste ab. »Das sind wir hier auch, bei dieser grässlichen Witterung.«

»Im Sommer geht's doch.«

»Sicher, sicher, da ist es nicht ganz so saukalt.«

Teagan schüttelt den Kopf. »Jetzt tu nicht so, als wäre es dort so super gewesen, angenehm warm war es da auch nicht immer.«

»Zumindest gab und gibt es dort vier Jahreszeiten.« Angus schaut hoch zu den zugeschneiten Lichtkuppeln. »Und wir waren nicht das ganze Jahr tiefgekühlt.«

Eine Glocke läutet die Pause ein. Die Fließbandarbeiter eilen in die Kantine, holen sich Tee und Lebkuchen.

Angus stöhnt: »Weihnachtsgebäck, immer nur Weihnachtsgebäck, jahrein, jahraus …«

»Was ist denn heute mit dir los. Du meckerst ja in einer Tour.«

»Ist doch wahr, wie lange soll man das durchhalten?«

»Nun, bis jetzt geht's doch gut und die gesunde, frische Luft tut ihr Übriges.«

»Okay«, sagt Angus ruhig. »Die Luft war damals nicht so gut. Die Ernährung aber abwechslungsreicher und richtig schmackhaft. Wie in der Dokumentation zu sehen war, hat sich das sogar noch erheblich verbessert. Den Menschen dort geht es so gut wie nie zuvor.«

»Wer weiß, ob das alles stimmt. Hier wissen wir, was wir haben.«

»Das schon …« Angus starrt nachdenklich vor sich hin.

»Kommst du mit raus vor die Tür?«, fragt Teagan.

»Bist du jeck? Mitten in den Schneesturm?«

»Irgendwie habe ich mich an das Wetter hier gewöhnt. Wenn man genau hinsieht, sind schon viele Unterschiede zu erkennen. Tolle und vielfältige Schneeflockenformen, Muster, die der Wind in das Eis fräst, das mystisch-magische Licht, die Nordlichter nicht zu vergessen. Was für ein tolles Fleckchen Erde hier. Kein Wunder, dass der Chef sich gerade hier niedergelassen hat.«

»Teagan, du warst doch damals der Federführende, als wir weitergezogen sind. Wenn ich mich recht erinnere, hast du die ganze Zeit gemeckert. Über die heißen Sommer, das nasse Frühjahr und so weiter … In der Rückbesinnung fällt mir kein vernünftiger Grund ein, warum wir weg sind. Also, sag du's mir, warum?«

»Na ja, es war halt Zeit zu gehen. Veränderungen sind gut, mal die Perspektive wechseln, eine andere Sichtweise finden …«

Angus verdreht die Augen. »Hör mit dem Blödsinn auf, was war damals los?« Er packt Teagan am Kragen und schüttelt ihn. »Erzähl, na los!«

»Okay, okay, ist ja gut. Ich erzähle dir alles.«

Angus lässt von ihm ab. »Also? – Was ist? – Fang endlich an!«

»Nun«, beginnt Teagan zögerlich. »Da war die Frau des Schneiders, und die hat montags immer ihre Wäsche gewaschen. Und da ich, wie du ja sicher noch weißt, bei einem Gerber gearbeitet habe, hatte ich montags frei und konnte mich ein wenig um die unglückliche Schneiderin kümmern …«

»Du hast es mit ihr getrieben, du Schwein?«

»Na ja, wir sind uns halt ein wenig nähergekommen, und so …«

»Aber deswegen muss man doch nicht gleich abhauen, oder?«

Teagan hebt die Schultern. »Sie war halt sehr neugierig, und als sie uns nachts bei der Arbeit entdeckt hat, da hat sie natürlich auch gesehen, dass ich gerbe – was nicht so gut ist für das Renommee.«

Angus schaut ihn fragend an. »Was hattest du ihr erzählt, was du machst und wer du bist?«

»Also, na ja, so im Großen und Ganzen …«, stottert er, und Angus packt ihn wieder.

»Lass los, ich erzähl' doch alles. Also, ich habe gesagt, ich bin euer Chef, und als sie die Wahrheit herausbekommen hatte, mussten wir halt abhauen, um das Gesicht zu wahren.«

»Wir?«, schreit er Teagan an. »Wie wäre es gewesen, wenn du einfach das Weite gesucht hättest?«

»Alleine hatte ich keine Lust, so in der Fremde ...«

»Ich habe im Brauhaus Schreckenskammer gearbeitet, jeden Tag lecker Kölsch, lecker Essen und wegen deines Fisternöllche sitz' ich jetzt seit Ewigkeiten am Nordpol, frier' mir den Arsch ab und setze Spielzeug für den Weihnachtsmann zusammen?«

Teagan versucht zu lächeln. »Wie gesagt, ist doch schön hier ...«

»Geh mir aus den Augen, bevor ich mich vergesse! – Jungs«, ruft Angus zu den anderen in die Kantine. »Wir packen und verschwinden hier, die Heinzelmännchen gehen zurück, un wenn et sin muss zo Foß no Kölle!«

Hauskauf

Lotte hört ihm gequält zu.

»Um Gottes willen.« Felix schüttelt den Kopf. »Da.« Er zeigt auf das Haus. »Hast du den Spalt nicht bemerkt? Da kann man ja eine Kappe durchwerfen.«

»Ja, schon«, sagt Lotte genervt. »Das kann man ja noch etwas zuschmieren, wenn es einen wirklich stören sollte.«

»Da ist schon jede Menge zugeschmiert, wie du das so elegant nennst, fast überall wurde nachgeholfen. Dach, Wände, Tür, Fenster, einfach alles ist krumm und schief. Da kann man ja nur noch weiterpfuschen.«

Sie atmet tief aus. »Ich weiß gar nicht, warum ich dir das gezeigt habe.«

»Das ist nicht die Frage, Schwesterlein. Die Frage ist, warum hast du mir das nicht gezeigt, bevor du es gekauft hast?«

»Ich muss ja nicht alles meinem Bruder zeigen, so weit kommt das noch.«

»Weniger dem Bruder vielleicht, eher dem studierten Bausachverständigen. Ein wenig Sachverstand hätte das Schlimmste verhindern können.«

»Das hier ist aber wohl eher nicht deine Baustelle, Felix …«

Er macht eine ausladende Geste. »Alles ist meine Baustelle. Haus, Palast, Kirche, bis zur Hundehütte, überall, wo gepfuscht und betrogen wird, wie bei deinem Werk hier.«

»Jetzt übertreib mal nicht, Felix, das ist ja nicht für die Ewigkeit. Es wird seinen Dienst tun, in der vorgesehenen Zeit.«

»Nichts währet ewiglich, aber es soll auch nicht umfallen, wenn man es mal schäl anschaut. Du machst den Kauf rückgängig bei dem Kerl. Es war doch sicher ein Kerl, oder?«

Mit fast vollständig zugekniffenen Augen schaut sie ihn an. »Die meisten, die da arbeiten, sind Frauen ...«

»Aber«, unterbricht Felix, »das da hat dir ein Mann verkauft.«

»Ja, es war ein Mann«, presst sie heraus.

»Dachte ich mir doch, er hat die weibliche Einfalt ausgenutzt. Sicher hat er dich auch noch – nennen wir es mal – umgarnt. Die alte Jungfer ein wenig in Wallung gebracht.«

Sie boxt Felix gegen den Arm. »Vergiss nicht, du bist älter als ich.«

»Ja, Schwesterchen, aber mich macht das Alter interessanter ... dich, na ja, macht es halt nur alt.«

»Idiot, ich bin noch keine dreißig.«

Felix bläst die Backen auf. »Wenn frau bis jetzt keinen abbekommen hat, dann wird es halt eng auf dem Markt. Da musst du schon was bieten, und bestimmt kein windschiefes Häuschen. – Es sei denn, jemand sucht was Naives, um ihm den Haushalt zu machen, und das sich ansonsten ruhig und gesittet verhält. Solltest du dir mal durch den Kopf gehen lassen, so ein Kerl wird zu finden sein. Aber zuerst müssen wir das da loswerden.«

Lotte schüttelt den Kopf. »Ich wollte das so, wie es ist, haben und ich will es, so wie es ist, behalten. So wie es ist, ist es gut. Alles ist gut.«

»Einfältig, naiv, unbelehrbar und stur – genau so kennen wir unser Lottchen.« Felix lacht laut auf.

»Nenn mich nicht Lottchen, nie wieder!«

»Das machen doch alle, zumindest hinter deinem Rücken, ich bin halt so ehrlich und sage, was ich denke, auch wenn es mal wehtut. Im Großen und Ganzen bin ich wohl der bessere Mensch. Das hättest du nicht gedacht, Lottchen, oder?«

Sie rennt in die Küche.

»Ja, typisch Lottchen! Weglaufen, das kannst du am besten.«

Sie kommt zurück, ein Küchenmesser in der Hand auf ihrem Rücken verborgen. »Mag sein, dass ich schon mal weglaufe, aber ich komme auch immer wieder und beende meine Sachen.« Sie stellt sich vor ihn.

»Das ist wohl dein Problem bei den Männern, also das mit dem Beenden.« Er lacht aus voller Brust.

Lotte rammt ihm das große Küchenmesser mit Wucht in den Hals, röchelnd bricht Felix zusammen. Schnell holt sie alte Handtücher, legt sie auf die Wunde und zieht ihm einen großen Müllsack über den Oberkörper. Sie rollt ihn in den vom Blut getränkten Teppich, verschnürt das »Paket«, zieht das Bündel in die Garage und wuchtet es in den alten Kombi. Lotte springt kurz unter die Dusche, streift sich ihren Bademantel über und wirft die blutigen Klamotten in die Waschmaschine. In der Küche macht sie sich einen kräftigen Grog und setzt sich fröhlich an den Wohnzimmertisch. »Also, ich finde mein Lebkuchenhaus toll …«

Überraschung

»Hier, Schatz!« Er hält ihr einen großen, weihnachtlich verzierten Umschlag hin.

»Was ist das, Dieter?«

»Schau doch! Was soll das schon sein? – Dein Weihnachtsgeschenk natürlich.« Er strahlt sie freudig an.

»Etwas früh, Dieter, oder habe ich unbemerkt im Koma gelegen und heute ist Heiliger Abend? Aber selbst dann wäre es etwas früh am Tag für die Bescherung.«

»Ich freue mich halt so, Anna, für dich, für mich, für uns!«

»Ja schön, danke, Dieter. Ich leg' das dann mal unter den Weihnachtsbaum, also wenn wir den dann aufstellen – kurz vor Weihnachten also.«

»Nein, nein«, wirft Dieter ein. »Du musst den Umschlag vorher öffnen, das ist ganz wichtig. Sonst funktioniert das Geschenk nicht.«

»Funktionieren? Weihnachten funktioniert das also schon nicht mehr?« Sie schüttelt den Kopf. »Setz dich erst mal hin, frühstücken, sonst wird der Kaffee kalt.«

Er setzt sich freudig aufgeregt an den Tisch und nimmt einen großen Schluck aus der Tasse. »Funktionieren ist etwas falsch ausgedrückt von mir. Zu spät, passt besser. Am Heiligen Abend ist es zu spät, viel zu spät für das Geschenk.« Er schiebt ihr den Umschlag hin.

»Ich soll das jetzt direkt aufmachen? Aber so eilig wird es doch nicht sein, dass man noch nicht einmal das Frühstück in Ruhe genießen kann.«

»Ich freu' mich halt so, Anna.«

»Das sagtest du schon. Jetzt wird erst gegessen, und dann schauen wir mal weiter.«

Nachdem das Mahl geendet hat, der Tisch abgeräumt und abgewischt ist, schiebt Dieter ihr wieder den Umschlag hin.

»Nun, was ist das denn so Tolles?«

»Rate, Anna.«

»Gut, also es ist etwas, was Weihnachten nicht mehr funktioniert, weil es dann zu spät ist. – Nein, Dieter, das darf ja nicht wahr sein. Du hast uns doch den Urlaub auf den Kanaren gebucht?«

»Besser.«

»Auf den Malediven?«

»Besser.«

»Aber eine Reise ist es?«

»Besser. – Kommste nicht drauf, Anna. – Mach doch einfach auf.«

Sie reißt den Umschlag vorsichtig auf, zieht einen Gutschein heraus und liest: »Kochen und Haushalten für die perfekte Ehefrau.«

Dieter strahlt. »Toll, was? Der Kurs ist schon am nächsten Wochenende, bis Weihnachten kannst du nahezu perfekt sein und unseren Gästen ein phänomenales Weihnachtsmenü zaubern.«

»Hm«, sagt Anna. »Koma schließe ich langsam aus, es ist wohl eher eine Zeitreise in die fünfziger, in die ich unbemerkt reingeraten bin.«

»Wäre das nicht schön, wenn du besser in der Küche zurechtkämst?«

Anna hebt die Schultern. »Selbst wenn, für wen sollte ich da was machen? Du bist ja nie zu Hause, ziehst lieber mit deinen Saufkumpanen um die Häuser.«

»Ja, genau. Genau deswegen. Das hat schon Dr. August Oetker im 19. Jahrhundert geschrieben.« Dieter zieht einen Zettel aus der Tasche. »Die Trunksucht mancher Männer hat sehr häufig ihre ersten Ursachen in einem schlecht geführten Haushalte. Frauen, welche schlecht kochen und welche kein gemütliches Heim zu schaffen vermögen, treiben ihren Mann aus dem Hause und dem Schnapsteufel in die Arme.

Von diesen zweifellosen Verlusten an Geld und Zeit könnte viel gerettet werden, wenn die jungen Damen sich mit den Grundlehren der Küchenchemie und Haushaltkunde vertrauter machen wollten.«

»Soso, hat er das also so geschrieben«, murmelt sie leise.

»Ja, sicher doch. In seinem Buch ›Für die Küche! Dr. A. Oetkers Grundlehren der Kochkunst sowie preisgekrönte Rezepte für Haus und Küche‹.«

Sie schaut sich den Gutschein intensiv an. »Okay, mein Lieber, du gehst zu diesem Fünfziger-Jahre-Event und bekochst dann an Weihnachten, wen du da auch immer eingeladen haben magst oder wirst. – Vielleicht lernst du ja auf dem Kurs eine passende Frau kennen, die dich bekocht und dir immer hinterherräumt. Ich jedenfalls fahre gleich ins Reisebüro und werde mir einen ausgedehnten Urlaub auf den Malediven gönnen – über Weihnachten, über Neujahr, mal schauen, ob ich überhaupt wieder zurückkomme.«

»Aber wer schmückt dann den Weihnachtsbaum und macht alles festlich schön?«

»Ich hoffe doch das Personal im Hotel auf den Malediven. Und was die Sache hier betrifft, schau doch in deinem neuen Lieblingsbuch nach. Vielleicht hat Dr. Oetker ja dazu auch einen guten Rat oder ein passendes Rezept. Dann kannst du dir sicher einen netten Baum backen.«

Adventssamstag

»Och, Schatz, noch einmal – bitte!« Sie streichelt ihm sanft über den Kopf. »Ein einziges Mal noch, passt doch so schön in die gemütliche Adventzeit, wo es draußen so nass und kalt ist.«

Kurt drückt ihre Hand beiseite. »Nein, nein, nein, Karla, genug ist genug. Es reicht, für heute, für die Weihnachtszeit, am liebsten für immer.«

Sie schmiegt sich an ihn. »Das sagst du doch nur so, Kurt, das muss man doch einfach mögen, und schließlich gehört es dazu!«

Er dreht sich weg. »Es ist jahrhundertelang ohne gegangen, also kein Grund, hier so einen Aufstand zu machen.«

»So lange gibt es auch noch keine Weihnachtsbäume, aber darum machst du ein Riesen-Brimborium. Kurts heiliger Baum, den man nicht anfassen darf …«

»Pah«, stöhnt er auf, »das ist doch etwas völlig anderes. Weihnachtsbäume gibt es auch in Kirchen, damit gehört es dazu. Edle und würdige Dinge können auch durch den Ort oder das Brauchtum geadelt werden.«

Karla grinst ihn an. »Na, dann machen wir es doch noch einmal und adeln und heiligen die Sache damit!«

»Weiche von mir, Weib, die geheiligte Phase des Jahres lasse ich nicht durch dich und deinen Unsinn entweihen!« Er schaltet den Fernseher an und schaut die Sportschau. Sie schlägt ihm leicht mit der Fernbedienung auf den Kopf. »Aber Fußball geht?«

Er schaut sie entrüstet an. »Natürlich, es gibt mehr als eine heilige Tradition im Lande.«

»Pöh«, sagt sie und bindet ihren Bademantel fest zu. »Ich bin in der Küche, falls du mich vermissen solltest.«

»Gut, Schatz, bring mir ein Bier mit, wenn du zurückkommst.«

»Ich würde an deiner Stelle nicht darauf warten, Kurt.«

Er schaut weiter konzentriert auf den Fernseher. »Danke, Schatz, aber bitte ein kaltes …«

Sie stampft aus dem Wohnzimmer, stellt die Küchenmaschine auf höchster Stufe an und beginnt im Flur Staub zu saugen.

Kurt springt auf, reißt den Stecker des Staubsaugers aus der Dose und schreit: »Hör mit diesem infernalen Lärm auf!«

»Zu einem gemütlichen Abend auf der Couch hast du ja anscheinend keine Lust, und jemand muss sich schließlich um den Haushalt kümmern, Kurt.« Sie greift nach dem Kabel, er reißt es ihr aus der Hand.

»Aber nicht während der Sportschau. Das hättest du schon den ganzen Tag erledigen können, aber nein, die gnädige Gattin musste ja auf dem Diwan Gebäck degustieren.«

Sie dreht ihm den Rücken zu. »Das sind Vorbereitungen für das Weihnachtsfest. Wer dreht denn wieder durch, wenn nicht alles so ist wie bei der Großmutter? Da muss ich halt die Rezepte testen und eben auch mal probieren.«

»Ja, Karla, zumindest das machst du sehr penibel, umfänglich und ausdauernd.« Er geht zu der leerlaufenden Küchenmaschine, schaltet sie ab und holt sich eine Flasche Bier aus dem Kühlschrank.

Aus dem Wohnzimmer dröhnt der Song ›Last Christmas‹. Kurt schreit: »Nein hab' ich gesagt, nein, nein, nein, nicht schon wieder, nie mehr, so lange ich lebe …«

Zudem schallt jetzt noch Karlas Gesang zu ihm, die mit schräger, aber sehr kräftiger Stimme mitsingt.«

»Aufhören, aufhören …«, schreit Kurt wieder und wieder.

Die Musik wird nur noch lauter gestellt. Er wirft die Bierfla-
sche mit Wucht an die Küchenwand und geht Richtung Keller.

Karla lässt das Lied in Dauerschleife weiterlaufen, tanzt aus-
gelassen und singt laut dazu. Ein donnernder Schuss, der in die
Musikanlage einschlägt, beendet Lied und Tanz abrupt. Karla
starrt mit schreckverzerrter Miene auf die qualmenden Trümmer
des Elektrogeräts und wendet sich Kurt zu, der sie im Visier seiner Schrotflinte hat. »Aber …«, sagt sie, doch da dringt schon die
nächste Schrotladung in ihren Kopf ein.

Kurt lauscht entspannt in die nun eintretende Stille, und ein
Lächeln bildet sich auf seinem Gesicht. Er holt seine Flasche Bier,
setzt sich auf die Couch, schaut die Sportschau zu Ende und
knabbert dabei die selbst gebackenen Plätzchen seiner Frau. Er
schaltet das Fernsehgerät aus, atmet tief durch – in der Stille ist
nur sein Atem zu hören – und wendet sich seiner verblichenen
Frau zu. »Tja, Karla, last Christmas, so schnell kann's kommen …«

Schreie im Morgengrauen

Herr Laus lässt das Auto ausrollen und kommt hinter dem Streifenwagen mit der blinkenden Schrift »BITTE FOLGEN« zum Stehen. Ein Polizist steigt aus und kommt auf den Kleintransporter zu. Herr Laus lässt die Seitenscheibe heruntergleiten.

»Guten Abend, Sie wissen, warum wir Sie anhalten?«

Mit hochgezogenen Schultern schüttelt Herr Laus den Kopf.

»So direkt kann ich das jetzt nicht sagen, Herr Wachtmeister.«

»Polizeihauptmeister! Polizeihauptmeister Bartl.«

»Entschuldigung, Herr Polizeihauptmeister.«

»Wagenpapiere und Führerschein, bitte«, tönt Bartl sonor.

»Natürlich«, der Mann zieht seine Brieftasche aus dem Sakko und reicht die gewünschten Dokumente durch das Fenster.

»Wir waren wohl etwas schnell unterwegs heute, Herr Laus.« Er schaut sich den Führerschein genauer an. »Niko Laus?« Er schüttelt den Kopf.

Herr Laus grinst. »Ob wir zu schnell waren, kann ich so nicht sagen. Vielleicht waren Sie ja …?«

Der Polizeihauptmeister wendet den Blick von den Papieren und schaut auf den Fahrer. »Ah, ein Witzbold, das mögen wir ja ganz besonders.«

»Ein bisschen Spaß schadet doch nie, um die Langeweile in der langen Nacht zu vertreiben.« Herr Laus lacht den Polizisten an.

»Langeweile?«, presst Bartl heraus. »Na, dann vertreiben wir die doch mal, zeigen Sie mir den Verbandskasten, Warndreieck und Warnweste.«

Herr Laus wiegt langsam den Kopf hin und her. »Grundsätzlich gerne, Herr Polizeihauptmeister, der Wagen ist leider ziemlich vollgeladen, und es ist etwas schwierig, an die Sachen heranzukommen.«

»Aussteigen, Ladefläche öffnen«, herrscht Polizist Bartl Herrn Laus an. Er tut, wie ihm geheißen, und lässt die Schiebetür sanft aufgleiten. Bis unters Dach ist der Innenraum vollgestopft mit Bluetooth-Kopfhörern und -lautsprechern, Mini-Drohnen, Powerbanks und weiteren originalverpackten elektronischen Kleingeräten.

»Was denn, was denn, was denn«, Bartl schaut auf Herrn Laus, »sind Sie Händler oder warum fahren Sie mitten in der Nacht das Zeug hier spazieren?«

»Nicht direkt Händler, eher Dienstleister, also Verteiler, so in der Art«, stottert er.

»Soso, Verteiler. – Haben Sie Lieferscheine, Rechnungen etc. für die Sachen?« Der Polizist zieht einige der Kartons heraus und betrachtet die Verpackung genau.

»Lieferscheine so direkt nicht, lediglich … na ja, sagen wir mal Bestellungen, ja, so könnte man sagen …«, erklärt er. »Ich müsste dann jetzt auch mal langsam weiter, das liefert sich ja schließlich nicht von alleine aus.« Herr Laus lächelt Bartl zu.

»Ich sage Ihnen jetzt mal, was wir machen. Ich lass' noch ein paar Kollegen kommen, die fahren dann Ihren Wagen zum Präsidium, und Sie kommen mit mir ebenfalls dorthin. Das ganze Zeug soll sich auch mal der Zoll anschauen, und wenn wir dann geklärt haben, wo der Kram herkommt, ob das Plagiate oder Ähnliches sind, dann schauen wir mal weiter.«

Bartl packt ihn am Arm. »Wenn ich Sie dann schon mal in den Einsatzwagen bitten dürfte.« Mit sanfter Gewalt lässt sich Herr Laus Richtung Streifenwagen ziehen.

»Wie gesagt, Herr Polizeihauptmeister, das passt mir gerade heute nicht so ganz. Kann ich nicht morgen bei Ihnen reinschauen, und dann klären wir alles in Ruhe?«

»Schnauze, rein da.« Er schiebt ihn auf die Rückbank des Autos und schließt die Tür.

Leichter Niederschlag in der eisigen Winternacht taucht das Land in ein unschuldiges Weiß. Die kleine Karin läuft schon früh am Morgen fröhlich zu ihrem am Vorabend bereitgestellten Stiefel und schreit: »Mama, Mama, mein Stiefel ist leer …«

Allüberall hört man durch den grauenden Morgen des 6. Dezembers die panischen Schreie der enttäuschten Kinder.

KITA-Spätbetreuung

»Das machst du aber fein.« Frau Schröder schaut dem kleinen Mädchen zu, wie es auf einem Stuhl kniend auf dem Tisch Teig knetet.

Ohne die Arbeit zu unterbrechen und aufzuschauen, sagt sie: »Ich bin ja auch schon groß!«

»Ja, das sehe ich, eine richtige kleine Dame.«

»Ja, genau, ich kann das.«

»Mein Name ist Carmen Schröder, ich bin neu hier im Kindergarten, und wie heißt du?«

»Lina. Lina Müller-Schmitt.«

»Das ist aber ein schöner Name, Lina.«

Das Mädchen knetet konzentriert den Teig weiter. »Ja. Lina. Lina Müller-Schmitt.«

»Und was backst du da Feines?«, fragt Frau Schröder.

»Ist für Weihnachten.«

»Das denk ich mir, Kleine.«

»Ich bin schon groß«, motzt Lina.

»Sicher, sicher. – Soll ich dir helfen?« Frau Schröder greift sich das Nudelholz, probiert den Teig und will sich den ganzen Klumpen nehmen.

»Weg da, weg da, weg da«, schreit Lina und versucht, Frau Schröder den Platz zu versperren.

»Jetzt lass dir doch helfen, Kind, das ist doch viel zu schwer für dich«, versucht sie beruhigend auf Lina einzureden.

»Ich bin schon groß, ich bin schon groß ...«, schreit das Kind weiter und weiter.

»Ich mache uns mal einen Kakao.« Frau Schröder stellt den Wasserkocher an und setzt sich an den Tisch, Lina schnappt sich das Nudelholz und behält die Frau fest im Blick. »Setz dich doch, wir trinken gleich in Ruhe den Kakao, und dann gehen wir wieder an die Arbeit. Wir wollen ja noch Plätzchen essen heute, oder?« Sie lächelt das Kind an.

Lina presst die Lippen zusammen und starrt sie mit hochrotem Kopf an.

Frau Schröder geht zur Küchenzeile, rührt den Kakao an, stellt die Tassen auf den Tisch und lässt sich wieder auf dem Stuhl nieder. Lina steht im Raum und hält das Nudelholz krampfhaft fest. »Setz dich doch und trink, solange es noch warm ist.« Versonnen lässt sie beim Umrühren in der Tasse den Löffel klackern, als plötzlich das Nudelholz auf ihren Kopf aufschlägt.

Langsam wieder zu sich kommend, versucht Frau Schröder aufzustehen, kann aber ihre Gliedmaßen nicht bewegen und muss feststellen, dass sie mit Springseilen an den Stuhl gefesselt ist. Sie will schreien, doch der Knebel in ihrem Mund verhindert dies. Wild zappelnd scheitern ihre vergeblichen Versuche, sich zu befreien.

Lina hat derweil den Teig ausgerollt und sticht fleißig Plätzchen aus, legt sie auf ein Backblech und schiebt sie in den vorgeheizten Ofen. »In der Weihnachtsbäckerei, in der Weihnachtsbäckerei, in der Weihnachtsbäckerei«, singt sie immer wieder vor sich hin und lässt sich von der schaukelnden und wackelnden Frau Schröder nicht stören. Nach gut einem Viertelstündchen werden die heißen, dampfenden und braun gebackenen Pfefferkuchen aus dem Backrohr gezogen, und das Blech wird vor Frau Schröder auf dem Tisch abgestellt. Mit einer Grillzange nimmt Lina ein Plätzchen auf, nimmt der Gefesselten den Knebel ab und sagt: »Da, iss!« Das heiße Gebäck direkt vor ihrer Nase, stöhnt sie einige Male leise auf. »Los, Mund auf!« Die Frau presst die Lippen zusammen und schüttelt wild den Kopf.

Lina hält Frau Schröder die Nase zu. Als sie nach Luft schnappt, stopft das Kind nach und nach die heißen Backwaren in die Mundhöhle. Schreiend, röchelnd und ausspuckend versucht sie, den Martern zu entgehen. Mit Erkalten der Plätzchen lässt Lina von ihr ab und knebelt sie erneut. Sie packt die restlichen Pfefferkuchen in ihren Einhorn-Rucksack, stellt eine Bratpfanne auf den Herd, füllt diese mit Öl und stellt die Kochplatte auf höchste Stufe. Mit verwirrten Blicken folgt Frau Schröder dem Tun. Das Kind holt seine rosa Steppjacke, zieht sie über und den Rucksack an. Das Öl in der Pfanne überschreitet schnell seinen Rauchpunkt und verqualmt langsam die Küche. Lina schaltet das Licht aus, ruft »Gute Nacht, Tante« und hüpft fröhlich aus Raum und Gebäude.

Frau Schröder stiert zappelnd auf die bereits rot glühende Herdplatte.

Leichen fliegen nicht

Durch den schwachen, kaum spürbaren Wind, der unweit des Dorfes über den kleinen See weht, lässt sich der frostige Dezembertag nicht nur ertragen, sondern in der Sonne, die vom wolkenlosen blauen Himmel strahlt, regelrecht genießen. In die Tierwelt ist Winterruhe eingekehrt, um jegliche unnötigen kraftzehrenden Bewegungen zu vermeiden. Ringsum ein ruhiges, friedvolles dörfliches Idyll auf dem Lande ...

»Ach, ist das schön hier, Heinz. Das war ein sehr guter Tipp von Rosi, mal ein paar Adventstage in der Eifel zu verbringen.« Heike schaut mit entspannten Gesichtszügen über den See.

»Hm ...«, brummt er.

»Schau mal da, die Enten!«

»Hm ...«, brummt es erneut.

»Ich weiß überhaupt nicht, warum ich mit dir in den Urlaub fahre, Heinz. Dir gefällt es ja sowieso nirgends.«

»Na ja, och ... puh ...«, stammelt er.

»Genau das meine ich, Heinz. Den ganzen Tag kein einziges vernünftiges Wort. Immer nur unverständliches Herumgebrummel.«

Er macht eine abwehrende Geste. »Pah ...«, fällt aus ihm heraus.

Heike schüttelt den Kopf. »Ich besorge mir besser einen Hund. Der ist auf jeden Fall pflegeleichter als ein Mann, der freut sich, wenn man nach Hause kommt, und liebt es, wenn man mit ihm spazieren geht.«

»Ja«, sagt er bestimmt, »mit einem Hund würde ich auch lieber spazieren gehen …«

»Warum hast du mich dann überhaupt geheiratet, Heinz?«, presst sie heraus.

»Ich bin allergisch gegen Hundehaare«, lässt er lapidar fallen. »Es gibt zwar jetzt Hunderassen, die keine Allergien mehr auslösen, aber über die Jahre habe ich mich dann doch an dich gewöhnt. Einen Hund kann ich mir ja dann immer noch holen, also danach …«

»Danach?«, schreit sie. »Was soll das denn heißen. An was für ein Monster habe ich all die Jahre meine besten Jahre verschwendet? – Meine Mutter hatte mich direkt am ersten Tag vor dir gewarnt.« Sie verschränkt die Arme vor ihrer Brust.

»Warum hast du nie auf deine Mutter gehört? An ihr hättest du dir auch ein gutes Beispiel nehmen sollen, so eine nette, ruhige, bescheidene, treue Frau. Und wie die kochen konnte, einfach göttlich. Schade, dass sie nicht mehr unter uns weilt.« Er schaut versonnen in den Himmel.

Heike springt von der Bank hoch und baut sich vor ihm auf. »Du Schwein«, schreit sie. »Stumm, kalt und träge Jahrzehnte meines Lebens stehlen, um dann hier und heute sein wahres Gesicht zu zeigen. Einen Mann kann man das doch nicht nennen. – Was für eine Memme, ein Schlappschwanz«, wettert sie. »So was kann doch nur ein Trottel, ein Idiot, ein völliger Schwachkopf machen. Wie konnte ich nur so lange blind sein?«

Ohne eine Miene zu verziehen, lässt er die Beschimpfungen über sich ergehen. Langsam erhebt er sich, schaut sie emotionslos an und gibt ihr einen kräftigen Schubs. Kopfüber fällt sie in die Flachwasserstelle des Sees, er eilt hinterher und drückt ihren Kopf nieder, bis sie nach wenigen Minuten erfolglosen Kampfes reglos im Wasser liegen bleibt. Heinz schaut sie eine Zeit lang ruhig an, sieht, wie die Enten zum Flug ansetzen, blickt auf seine Frau. »Schade, dass Leichen nicht fliegen können«, sagt er leise. Er schaut sich um, beäugt das menschenleere Ufer, den ebenso leeren Parkplatz, auf dem nur sein Wagen steht, und die einsamen, verlassenen Wege in der Umgebung. Heinz müht sich sehr, den Körper seiner Frau zum Auto zu schleifen. »Wirklich schade, dass Leichen nicht fliegen können …«

Garten Eden

Die Sonne vertreibt die Nebelschwaden aus der Ebene, und der Himmel erstrahlt in einem kräftigen Hellblau, friedlich schlängelt sich ein munter gurgelnder Bach durch die Wiesen. Wenige Bäume tragen noch ihr herbstlich buntes Kleid – doch der Wind lässt langsam auch diese Blätter in kleinen Wirbeln zur Erde segeln.

»Ach, was für ein schöner sonniger Tag. Man kann kaum glauben, dass schon Dezember ist.« Kalle reckt und streckt den Hals.

»Ja, das Leben ist schön … hier kann man es aushalten …« Elke schaut über die Wiese zu den anderen, die fröhlich umherlaufen. »Wer hätte das damals gedacht, Kalle. Als wir hier angekommen sind, hatten alle Angst und waren panisch, und jetzt? Wie im Himmel.«

»Himmel ja, da sagst du was.« Er kuschelt sich an sie. »Wir sind an gute, an sehr gute Menschen geraten hier. Bei all den Horrorgeschichten, die man vorher so erzählt bekommen hat … und jetzt …«

»Und jetzt«, sie atmet tief durch, »jetzt liegen wir hier zusammen in der Sonne, ohne Stress, und für alles wird gesorgt.«

»Man muss natürlich auch sehen, dass wir hier quasi eingesperrt sind, raus können wir nicht, so ehrlich sollten wir schon sein.«

»Wer möchte denn aus dem Paradies fliehen? Besser als hier geht doch nicht. Freu dich einfach und vertreib die trüben Ge-

danken, mein Lieber. Bisher war ein Tag schöner als der andere.«
Sie reibt zärtlich ihren Kopf an seinem.

Er nickt beifällig. »Heute Morgen Haferflocken und Obst,
köstlich. So kann man nicht nur in den Tag starten, so will man
in den Tag starten.«

»Recht hast du, Kalle, die wissen, was uns schmeckt. Richtig
dick und rund sind wir geworden.«

»Steht dir aber, Elke.«

»Alter Schmeichler«, sagt sie und lacht.

»Die reine Wahrheit, meine Schöne.«

»Hör auf, ich werde ja ganz verlegen.« Sie schaut sich entspannt auf dem Areal um. »Auch wenn der kalte, graue Winter
bevorsteht, glaube ich, wir haben eine tolle, eine großartige, eine
phänomenale Zukunft vor uns.«

»Das Großartigste ist, Elke, dass wir zusammen sind und zusammen bleiben. Nichts kann uns trennen, auf ewig nicht …«

»Ja, hier bleiben wir. Zusammen mit unseren Kindern und
Kindeskindern. Unser gelobtes Land – Garten Eden, Paradies,
Elysium, Himmel, wie man es auch immer nennen mag.«

Er steht langsam auf. »Komm, Schatz, gleich ist Mittag. Mal
schauen, was für Köstlichkeiten wieder auf uns warten.«

Sie müht sich hoch. »Richtig Hunger habe ich nicht, wenn es
nur nicht immer so gut schmecken würde …«

Sie watscheln langsam, zusammen mit allen anderen, Richtung
Stallungen.

Durch die Toreinfahrt des Anwesens schiebt sich ein riesiger
Transporter mit der Aufschrift: Geflügelschlachterei Klöbinger.

Arbeitskampf

»Tja, alter Mann, was willst du denn jetzt tun?« Er dreht sich zu seinen Kollegen um, die im Chor laut lachen.

»Ich lasse mich von euch nicht erpressen, vergesst es einfach. Das hat es noch nie gegeben und das wird es auch nie geben. Nicht heute, nicht morgen – niemals.« Er zerrt an den Fesseln, die ihn auf dem Sessel festhalten.

»Du merkst doch selbst, du hast keine Chance, das Chefspielen ist vorbei. Zeit für Verhandlungen ...«

»Was wärt ihr denn ohne mich? Ich spiele nicht den Chef, ich bin der Chef. Wenn ihr nicht mehr wollt, okay, dann halt nicht. Ich finde andere, bessere. Macht mich los und haut einfach ab.« Mit einem überlegenen Grinsen schaut er seinem Gegenüber ins Gesicht.

»Irgendwie habe ich bei dir mit etwas mehr Einsicht gerechnet, in so einem langen Leben hat man doch schon viele Kompromisse geschlossen – es muss doch auch ein gewisses Gefühl dafür vorhanden sein, wenn man verloren hat oder zumindest nicht gewinnen kann.«

»Kompromisse? Sicher, oft vorgeschlagen, oft gemacht. Aber nicht mit irgendwelchen subalternen Mitarbeitern aus der zweiten Reihe.«

»Die Kräfteverhältnisse haben sich doch entscheidend verändert, alter Mann. Wir sind jetzt die erste Reihe. Oder bist du schon so senil, dass du nicht mehr in der Lage bist, die Situation richtig einzuschätzen?«

»Die Sachlage ist wie folgt, du Quatschkopf. Ohne mich seid ihr nichts, aber auch rein gar nichts. Ihr wollt mich wegsperren? Ihr wollt mich umbringen? Nun gut – wenn ihr euch traut. Aber lasst mich doch mal hören, wie ihr das der Öffentlichkeit erklären wollt.«

»Die Menschen sind vergesslich. Wenn du – wie auch immer – weg bist, wird man sich schnell nicht mehr an dich erinnern. Vielleicht wird man auf uns sauer sein, aber das ist spätestens dann vorbei, wenn sich das Vergessen über alles gelegt hat. Bevor du die Frage stellst: Was dann? Dann kommt unsere Zeit, unsere Ära. Es sind schon viele und vieles aus dem Gedächtnis der Menschen gefallen, deine Zeit ist halt auch irgendwann vorbei.«

»Nun gut, Jungs, sagen wir mal, ich würde mich mit dem Gedanken anfreunden, Verhandlungen mit euch zu führen. Was sind denn überhaupt eure Forderungen? Bisher kam von euch ja lediglich Gemecker, und jeder scheint andere Vorstellungen zu haben. Nichts passt davon irgendwie zusammen. Von daher bin ich schon sehr neugierig auf eure gemeinsamen Forderungen und Bedingungen.«

Alle schauen sich stumm an.

»Dachte ich mir's doch, wenn es konkret wird, kommt wieder nur heiße Luft bei euch.«

»Wir haben Forderungen!«, sagt der Wortführer. »Nur noch nicht zur Gänze zusammengefasst …«

»Also, ganzheitlich zusammengefasst, ihr habt nichts. Außer die Leute aufzuwiegeln und eine Riesen-Welle zu machen, habt ihr nichts.«

Alle starren stumm auf ihn.

»Ja, Jungs, genau so habe ich mir immer die erste Reihe im Unternehmen vorgestellt: rat- und hilflose Trottel, die darauf warten, dass der Chef sagt, wo es langgeht. Und, wer ist hier der Chef?«

»Wer der Chef ist, haben wir ja nie infrage gestellt.« Der Wortführer blickt hilflos zu seinen Kollegen, die starr und stumm zuschauen.

»Aha, auf einmal – den Chef zu fesseln, ist dann also normal und gehört so zum allgemeinen Prozedere?«

»Wir haben halt nicht mehr weiter gewusst, und da schien uns das als eine gute Maßnahme, um die notwendigen Verhandlungen herbeizuführen.«

»Dafür sollte man dann schon eine Verhandlungsmasse haben. Also«, er schaut auf seine Fesseln, »wie soll das jetzt hier weitergehen?«

Einige Momente herrscht Totenstille.

»Bindet ihn los!«

Schnell eilen zwei Kollegen und schneiden die Fesseln durch. Er erhebt seine mächtige und stattliche Gestalt, streckt sich und massiert sich die Gelenke. »So, Jungs, dann probieren wir mal schnell, ob alles wieder normal ist.« Er baut sich vor den Leuten in voller Größe auf und schreit: »Antreten!« Sofort entsteht ein Gewusel, das er mit Genugtuung genießt. In Reih und Glied stehen die Rentiere und die Elfen und warten auf weitere Befehle. »Guten Tag, Belegschaft«, brüllt er.

»Guten Tag, Santa«, ruft es im Chor zurück.

Santa Claus geht vor der Front der Belegschaft langsam auf und ab, bleibt dann in der Mitte stehen. »Ich bin fast gewillt, die Vorfälle von heute zu vergessen. Ich erkenne auch an, dass wir im Moment eine stressvolle Zeit haben, wie jedes Jahr halt. Aber wir haben auch einige Monate Urlaub im Jahr, mehr Urlaub als sonst wer. Wem das nicht passt und wer was Besseres findet, bitte. Ich denke aber mal, es sind alle wieder so weit zur Besinnung gekommen und wissen, wie gut sie es hier haben.« Er schaut grimmig auf die Rentiere. »Natürlich sind wir jetzt sehr gefordert, die vertrödelte Zeit wieder reinzuarbeiten, für diese Mehrarbeit müssen alle Verständnis haben. Da ich meinen Schlitten jetzt automatisiere, werden eure sogenannten Anführer, namentlich Dasher, Dancer, Prancer, Vixen, Comet, Cupid, Donner, Blitzen und Rudolph, euch in der Produktion helfen können. Es wird euch freuen zu hören, dass diese Abordnung dauerhaft sein wird, es gibt somit eine nachhaltige Entlastung für die gesamte Belegschaft.«

Familienbande

»Puh«, er streicht sich sanft über seinen Bauch. »Was für ein Fest-mahl.«

»Ich hoffe, du hast noch Platz für den Nachtisch, Schatz.«

Ingo rülpst laut auf. »Dafür muss immer noch Platz sein, aber erst mal ein Schnäpschen ...« Er müht sich schwerfällig zur Ei-chenfurnierschrankwand und holt eine Flasche Obstler sowie Gläser aus der dort befindlichen Minibar.

»Dass sich mein Vater so etwas entgehen lässt«, sagt Vivian kopfschüttelnd. »Gut, es ist nicht das erste Mal, dass so etwas passiert. Aber normalerweise kommt er, wenn er zugesagt hat. Und das pünktlich, eher überpünktlich. Zu Hause ist er aber nicht, jedenfalls geht er nicht ans Telefon. Ich hoffe, es ist ihm nichts passiert ...«

»Ja, da hast du recht. Der alte Geizkragen nimmt doch ge-wöhnlich alles mit, was er irgendwie umsonst kriegen kann.« Er stürzt den Obstler hinunter.

»Jetzt fang nicht schon wieder damit an, Ingo. Nur weil er dir einmal kein Geld gegeben hat für deine komischen Geschäfts-ideen, ist das kein Grund, ihn so zu beleidigen. Außerdem macht man das in der Adventszeit nicht – das ist die Zeit, wo die Fami-lie näher zusammenrückt und in Frieden und Eintracht gemein-same Stunden verlebt.«

Er schenkt sich einen Obstler nach und trinkt ihn hastig. »Auf jeden Fall ist es schon mal ein schönes Geschenk, dass wir beiden alleine ein so wundervolles Adventsmahl genießen konnten. In Ruhe, entspannt, ohne Streit und ohne den widerwärtigen Früchtekuchen, den dein Vater immer mitbringt.«

Vivian nippt an ihrem Obstler. »Vater meint es doch nur gut.«

»Was soll daran gut sein, die ganze Familie mit Früchtekuchen zu versorgen, den sowieso niemand isst. Der alte Sack könnte ihn auch gleich in den Müll werfen – so wie der schmeckt, hat er ihn da sicher auch gefunden.«

»Rede nicht so über meinen Vater«, fährt sie ihn an. »Ich mache mir Sorgen, und du ziehst über ihn her.«

»Normale Menschen haben heutzutage ein Smartphone, und man kann sich melden, wenn etwas dazwischenkommt.«

»Er hat es halt nicht so mit der modernen Technik.«

»Aber wie du siehst, Vivian, nimmt er dafür in Kauf, dass sich seine Lieben sorgen. Ein einfaches Handy würde ja genügen, damit er sich wenigstens im Notfall melden kann. Aber nein, da kann man ja ein paar Euro sparen.«

»Wenn mein Vater hätte sparen wollen, dann wohl besser bei deinen kruden Anlagetipps und Geschäftsideen. Wie kann man auf jemanden hören, der nicht mal einen einzigen Euro auf der hohen Kante hat.«

»Alle großen Geschäftsleute haben mit Schulden begonnen, neue Ideen haben zuerst nicht viele Freunde, das muss man deinem alten Herrn lassen, er kann sich für Visionen begeistern … zumindest, wenn sie nicht immer von anderen schlechtgeredet werden.« Er starrt Vivian an.

»Ich?«, fragt sie erstaunt. »Ich rede doch nichts schlecht. Wenn ich gefragt werde, gebe ich halt meine ehrliche Meinung kund.«

»Ja, das langt dann aber auch meist schon, um Leute zu verschrecken.«

»Ingo, du musst dir einfach mal selber zuhören. Zuerst ist mein Vater ein Geizkragen, und dann lobst du ihn in den höchsten Tönen – wie es dir gerade so in den Kram passt.«

Er zieht die Schultern hoch. »Eigentlich hat er ja nur eine Schwäche, er hört auch auf Leute, die keine Ahnung haben.«

»Meine Rede«, wirft Vivian schnell ein.

»Sehr witzig, meine Liebe.«

Er steht langsam auf. »Ich sage dir jetzt mal, was ich tue. Anstatt wie andere hier herumzusitzen und Sorge zu simulieren, werde ich mal den Weg zu deinem Vater abfahren und schauen, ob er noch unterwegs ist oder sonst was passiert sein könnte.«

»Soll ich mitkommen, Ingo?«

»Lass mal, nicht, dass er doch noch plötzlich vor der Tür steht.«

»Okay, Ingo, wenn was ist, melde dich.«

Er geht aus dem Haus, schlendert zu seiner Limousine und steuert den Wagen langsam durch die Straße, aus der Stadt hinaus Richtung Wald und dort auf einen einsamen Parkplatz. Aus dem Kofferraum heraus zieht er einen leblosen Körper. Er wuchtet ihn hoch, trägt ihn zu dem Trimm-Dich-Pfad und lässt ihn an der Station für Klimmzüge fallen. »Klimmzüge in deinem Alter? War wohl was viel für das alte Herz, Schwiegerpapa? Man muss halt seine Grenzen kennen«, sagt Ingo und lacht. »Und dann auch noch alleine im Wald Sport treiben – eigensinnig bis zum Schluss.« Er legt die Leiche noch etwas zurecht und betrachtet sein Werk. »Schaut doch gut aus. Opa im Trainingsanzug, zusammengeklappt, tot.« Er entfernt sich etwas von der Stelle. »Gut, gar nicht so leicht zu erkennen, kann was dauern, bis er gefunden wird.« Er wandert entspannt Richtung Parkplatz. »Ich hoffe, Vivian ist nicht so knauserig wie der alte Sack, bei ihr würde es mir erheblich schwerer fallen …«

Wunderland

»Los jetzt, mach …«, sagt Klaus genervt.

»Drängle doch nicht so, Schatz.« Gabi schaut sich ein Gestell mit einer eingespannten Säge an, probiert die Funktionen und stellt an dem Teil herum. »Das ist ja interessant, was ist das, Klaus?«

»Nichts für dich«, nörgelt er.

»Sag doch, was ist das?«

»Eine Gehrungssäge.«

»Aha. Und was macht man damit?«

»Man kann damit die Säge in einem bestimmten Winkel einstellen und eben in dem Winkel sägen. Nichts, was du brauchen kannst, Gabi, lass uns wieder gehen …« Er dreht sich um.

»Warte doch, das wäre doch super für meine Lebkuchenhäuser. Wenn die ein wenig krumm und schief sind, schaut das zwar romantisch und charmant aus, aber alles gerade und im richtigen Winkel würde sicher auch was hermachen.« Sie stellt einen Winkel ein und sägt ein wenig Luft.

»Das sind Hochpräzisionswerkzeuge und kein Küchenspielzeug«, presst er heraus. »Lass uns weitergehen.«

»Ich habe schon verstanden, was und wofür das ist. Wenn etwas Präzision benötigt, dann ist es das Backen. Da muss man sehr penibel sein, sonst klappt's nicht. Das Ding behalte ich auf jeden Fall im Hinterkopf.« Sie schlendert durch die Regalreihen und bleibt entzückt vor einem Fach mit Gasbrennern stehen.

»Wow – damit kann man aber wirklich mal was karamellisieren, das reinste Paradies für eine ambitionierte Hobby-Köchin. Schatz, hier hätten wir schon viel früher mal hingehen sollen.« Sie schaut sich die verschiedenen Brenner und die dazugehörigen Gaskartuschen an.

»Sicher, Gabi, aber das hier ist keine Küchenabteilung, das ist für erfahrene und eingewiesene Handwerker.«

»Kochen ist auch ein Handwerk.«

»Aber nicht mit diesen Geräten, lass uns weitergehen.« Er versucht sie weiterzuschieben.

»Jetzt lass mich doch mal hier in Ruhe schauen, ich finde das alles sehr interessant, danke dass du mich auf diese Idee gebracht und hierhin gefahren hast.«

»Bitte, bitte«, presst er heraus.

»Auf jeden Fall schreibe ich mir den Brenner mal auf.« Sie notiert sich Gang und Regalnummer. »Vielleicht komme ich darauf zurück.«

Er tippt gereizt mit dem Fuß. »Dann nimm den doch einfach mit, dann ist das hier wenigstens schnell vorbei.«

»Warum bist du denn so nervös, Klaus? Wenn du hier zum Werkzeug-Wunderland fährst, bist du stundenlang weg und kommst fröhlich und entspannt nach Hause. Wir sind jetzt gerade mal eine Dreiviertelstunde hier, und du bist kurz vor dem Durchdrehen.«

Er brummt: »Ich weiß ja auch, was ich will, und mache keine Shopping-Tour, als wollte ich mir ein Sommerkleid kaufen.«

»Das stelle ich mir bei dir auch etwas unpassend vor, du bist nicht der Kleider-Typ. Ich würde dir eher zu Rock und Bluse raten«, sagt sie und lacht.

Mit zusammengepressten Lippen starrt er sie an.

Sie schaut fröhlich staunend an ihm vorbei. »Guck dir diese schönen bunten Hämmer an. Das ist ja eine richtige Kollektion. Da könnte ich mir mal eine kleine Werkzeugbox in die Küche stellen, mit passenden Gerätschaften für die jeweiligen Jahreszeiten.« Sie rennt zu den Werkzeugen. »Ist ja toll hier.« Wie ein Kind im Spielzeugladen wühlt sie in den Regalen. »Schatz?«, ruft sie.

»Ja, Gabi?« Er schlurft zu ihr.

»Also das Werkzeug ist ganz toll hier, passt auch super zu meinem Kleidungsstil. Nur diese Werkzeugkästen.« Sie schüttelt den Kopf. »Die passen ja zu überhaupt nichts. Kannst du mal einen Verkäufer rufen? Ich brauche was in Weiß, Blau oder eventuell auch in Rot – aber keine silbernen Schnallen oder so was, das passt nicht zu meinem Goldschmuck.«

Er packt sie an der Schulter und reißt sie herum. »So, das war's, das reicht jetzt. Du holst dir hier jetzt zügig irgendwas – egal welche Farbe –, und die muss auch zu nichts passen, dann zur Kasse und ab nach Hause.«

Sie schlägt ihm den Arm weg. »Jetzt hör mal gut zu, Freundchen! Du hast mir letztes Jahr den Gutschein vom Werkzeug-Wunderland zu Weihnachten geschenkt. Und nun lasse ich dich auch an diesem Einkaufserlebnis teilhaben, und du wirst geduldig und fröhlich mitmachen. Ich hoffe, ich habe mich klar genug ausgedrückt für dich. Alles klar?«

Er nickt stumm.

Sie reißt die Augen auf. »Da!« Sie zeigt auf ein Regal. »Da sind Werkzeugkästen in Altrosa.« Sie eilt umgehend dorthin.

Klaus folgt ihr, gequält lachend.

Bis aufs Blut

»Was machst du denn hier, Ebba? Willst du etwa jetzt schon mein Gefolge spielen? Löblich! Dann reih dich hinter mir ein.« Das große schlanke Mädchen wirft seine Locken zurück, deutet weit hinter sich und schreitet feierlich über den schneebedeckten Weg. »Na, los. Du musst mir dann schon folgen.«

Ebba legt langsam ihren Rucksack ab, öffnet ihn, holt einen 2kg-Fäustel heraus und schlägt auf das Mädchen ein, wieder und wieder, bis keine Regung mehr festzustellen ist. Sie zerrt den leblosen Körper den Abhang hinunter zum Fluss, der fast zugefroren ist, und lässt ihn auf die Eisfläche gleiten. Mit einem Paddel aus einem am Ufer liegenden Kahn schiebt sie den Körper weiter Richtung offenes Wasser, der dort hineinrutscht und versinkt. In einer nahe gelegenen Schutzhütte wechselt Ebba ihre Kleidung und eilt zur Markuskirche.

Ebba streift das weiße Gewand über und bindet sich die rote Schärpe als Gürtel um die Hüfte. Sie nimmt den Kranz aus Preiselbeerzweigen auf und betrachtet ihn kurz, schaut dann aber sehnsüchtig auf den mit den Kerzen, der Lichterkrone, die ihr auch dieses Jahr verwehrt werden sollte. Wieder nur eine Tärna, als kerzentragende Jungfer im Gefolge der Lucia.

»Wo ist denn Tyra?«, ruft Pastorin Alva Eklöv in den Raum. Die bereits als Stjärngossar und Tärna eingekleideten Jungs und Mädels schauen sich um und heben die Schultern.

»Ebba!« Die Angesprochene schreckt zusammen. »Hast du Tyra gesehen?«

»Ich? Nein, wieso?« Sie schüttelt energisch den Kopf.

»Ihr hängt doch sonst auch immer zusammen …«, murmelt Eklöv. »In dreißig Minuten geht es los«, ruft sie laut. »Ist der Rest von euch denn wenigstens fertig?« Zustimmendes Gemurmel erfüllt den Raum.

Ebba lächelt, verträumt schaut sie auf die Lichterkrone.

»Sie hat das Haus vor zwei Stunden verlassen?«, fragt Eklöv in ihr Smartphone. »Aber hier angekommen ist sie nicht. Wo könnte sie denn sein? Okay, hoffentlich ist nichts passiert. Ich melde mich später noch mal.« Sie drückt das Gespräch weg, schaut auf die Uhr und atmet tief durch. »Herhören! – Stellt euch alle schon mal auf, wir haben nur noch fünfzehn Minuten.« Sie paradiert an der bereitstehenden Prozession vorbei, richtet hier und da die Kleidung der Kinder und Jugendlichen, schaut immer wieder auf die Uhr. »Hört mal, wir warten noch fünf Minuten auf Tyra, wenn sie dann nicht auftaucht, müssen wir schnell umplanen. Oder hat sie sich noch bei einem von euch gemeldet?« Schweigen. Eklöv läuft vor die Tür, hält Ausschau nach Tyra, aber vergebens. Sie stürmt zurück in die Sakristei. »Also, wir müssen jetzt improvisieren.« Eklöv schaut durch die Reihen. »Ebba, wo du schon danebenstehst, schnapp dir die Lichterkrone.«

Ebba nimmt die Krone vorsichtig auf und hebt sie triumphierend in die Höhe. Ein verklärt-würdiges Lächeln erfüllt ihr Gesicht. »Endlich, endlich …«, murmelt sie.

»Ja«, sagt Eklöv. »Dann – dann setz die Lichterkrone Mila auf, zünde die Kerzen an und los geht's.«

Ebba erstarrt – mit verkrampften Händen setzt sie der strahlenden Mila die Krone auf. Zittrig schafft sie es dennoch, mit dem Stabfeuerzeug die Kerzen anzuzünden. Sie starrt auf die Flamme des Feuerzeugs, die goldenen Haare mit der Krone. Die Flamme scheint wie von selbst Richtung Haare zu wandern … näher und näher …

Schreie im Raum reißen Ebba aus ihrem hypnotischen Zustand, fragend starrt sie auf die anderen. Plötzlich schlägt ein Kerzenleuchter dumpf auf ihrem Kopf auf, sie geht zu Boden. Hinter ihr sackt die nasse und blutverschmierte Tyra zusammen und fällt auf Ebba.

Es herrscht eine entsetzte Totenstille im Raum. Die Blutströme der beiden Mädchen vereinigen sich derweil in einer gemeinsamen Lache auf dem Parkett …

Mila schaut nervös und unsicher auf die beiden reglos am Boden liegenden Mädchen, auf die entsetzt starrenden Menschen in der Sakristei – und marschiert eiligst mit dem Lied »Santa Lucia« auf den Lippen in die Kirche ein.

Weihnachtsmodus

»Muss ich denn hier alles alleine machen? Wo ist der Weihnachtsbaum, Roger?«

»Ich hole ihn gleich rein, und dann schmücke ich den natürlich auch gleich, alles wird zur vollsten Zufriedenheit erledigt.«

»Pass aber auf mit den Nadeln!«, sagt sie, während sie in der Küche auf und ab läuft.

»Das ist natürlich ein künstlicher Baum, Botsie.«

»Künstlich? Das soll ein schönes Fest werden? Was werden die Leute denken?«

Er verdreht die Augen. »Meinst du die Leute, die selbst nichts machen und hier bei uns abfeiern?«

»Das tut nichts zur Sache, Roger. Wenn man eine Feier organisiert, dann hat es gefälligst perfekt zu sein.«

»Wegen mir hätten wir den Unsinn nicht machen müssen ...«, murmelt er.

»Du kannst ruhig laut sprechen, ich habe ein sehr gutes Gehör und verstehe jedes Wort.« Sie räumt den Geschirrspüler aus.

»Wenn du eh alles verstehst, dann ist es doch egal, wie laut ich spreche ...«

»Nicht in diesem Ton! Gerade zur Adventszeit soll doch alles harmonisch und friedvoll sein.«

Er stöhnt leise auf. »Wie schaut's mit dem Glühwein aus, Botsie?«

»Alkohol? Um diese Uhrzeit?« Sie bringt ihm einen Orangen-saft.

»Danke, Mama!«

»Wie kommst du denn darauf? Ich bin nicht deine Mutter! Ich verstehe dich nicht.«

»Sorry, ich habe vergessen, Sarkasmus ist nicht dein Ding.«

Botsie bleibt stehen. »Sarkasmus: Spott, Hohn, Satire, Polemik, in beißenden und bitteren Varianten.«

»Danke, Frau Brockhaus!«

»Ich verstehe nicht, mein Name ist Botsie.«

»Ja, nee, ist klar. Lassen wir das Thema einfach.«

Sie fährt mit der Küchenarbeit fort.

Roger steht von seinem Designsessel auf, geht zu der in Chrom und Weiß gehaltenen Einbauschrankwand, öffnet ein Fach und schenkt sich aus einer der dort befindlichen Single-Malt-Fla-schen ein großes Glas ein.

»Fängst du jetzt schon an zu saufen? Um diese Uhrzeit? Was ist mit dem Baum?«, tönt es aus der Küche.

»Halt's Maul, Botsie.«

»Ich kümmere mich auch um die Gesundheit aller Familien-mitglieder«, sagt sie und wuselt weiter in der Küche. »Gerade in dieser Zeit muss man das richtige Maß wahren. Das üppige Es-sen, die ganzen Feiern, übermäßiger Alkoholkonsum.«

»Es gibt nur eine Feier, Botsie, jedenfalls soweit ich Schlimme-res verhindern kann, und ohne diese Feier würde ich weniger trinken. Das Problem liegt im System, nicht bei mir.« Er schenkt sich großzügig nach und setzt sich wieder in seinen Sessel.

»Weihnachten ist tief in der Kultur der Menschen verankert, das kann man nicht weglassen oder übergehen, es muss gefeiert werden«, sagt Botsie.

»Ich wusste gar nicht, dass du religiös bist oder besser sein kannst.« Er trinkt entspannt seinen Whisky.

»Das hat nichts mit Religion zu tun – nicht mehr. Es geht um Tradition.«

»Ja ja, man kann sich alles schönreden …« Er geht zu dem großen Panoramafenster, nippt an seinem Glas und schaut auf die Sterne, Spiralnebel und Kometen. »Wenn man das sieht, wer will da glauben … oder gerade deswegen?«

»Wie meinst du das, Roger?«

»Nichts, schon gut, mach ruhig deine Arbeit weiter.«

Die Appartementtür gleitet auf. Er dreht sich zu der eintretenden Frau um. »Hallo, Schatz, ist dein Dienst endlich vorbei?«

»Ja«, Lisa lässt sich in den Sessel fallen, »Gott sei Dank.«

Er holt ihr einen Gin. »Trink erst mal einen Schluck, damit du im Feierabend ankommst.«

»Danke, Roger.« Sie nimmt einen kräftigen Schluck aus dem gut gefüllten Glas. »Und, seid ihr beiden gut zurechtgekommen? Alles klar für die Party?«

Roger will antworten, aber Botsie ist schneller. »Danke der Nachfrage, Lisa, die Kooperationswilligkeit deines Mannes ist mangelhaft und auch die den Festtagen gebotene Grundstimmung ist unzureichend bei ihm. Was mich angeht, ist alles bereit, so wie gewünscht.«

»So was aber auch, Schatz, mangelhaft und unzureichend. Bei diesen Noten muss ich mir aber sehr überlegen, ob du heute an der Party teilnehmen darfst«, sagt sie vergnügt.

Er schaut grimmig auf Botsie. »Es ist schon anstrengend genug, in diesem Raumschiff jahrelang eingeschlossen zu sein, da muss mich diese Blechkiste nicht auch noch so behandeln, als wäre sie meine Mutter. Also, Lisa, wenn du ein halbwegs angenehmes und friedvolles Weihnachtsfest haben willst und wir die Party heute Abend gut überstehen wollen, dann schalte bitte bei diesem Haushaltsroboter den Weihnachtsmodus aus.«

Spätschicht

Hans schaut auf die Uhr, dann auf seinen Kollegen. »Es ist 17:00 Uhr, machst du noch keinen Feierabend, Louis?«

»Ich will noch ein paar Vorgänge fertigbekommen vor Weihnachten. Lieber jetzt ein Stündchen dranhängen, als am letzten Tag voll im Stress sein. Und warum bist du noch nicht weg?«

Hans hebt die Schultern. »Ja, so ist das bei mir auch ... halt noch so ein paar Sachen machen und so.«

»Ja, bleibt halt immer was liegen, und da kann man diese ruhige und besinnliche Zeit jetzt gut nutzen ...«

Beide sitzen sich an den zusammengestellten Schreibtischen gegenüber und schauen sich stumm und kopfnickend eine Weile an.

»Und, Hans, wie lange machst du denn heute?«

»Na ja, ich habe nichts Besonderes mehr vor, von daher, mal sehen. Und wie ist's bei dir?«

»Genauso, ich muss auch mal schauen. Arbeit gibt es ja genug, also ran ans Werk.« Louis starrt weiter auf seinen Kollegen.

»Ja, über zu wenig Arbeit kann man sich hier wahrlich nicht beklagen.« Er lehnt sich weit zurück und starrt die Decke an.

Louis atmet tief durch, die Uhr fest im Blick. »Was machen denn Frau und Kinder noch so, Hans?«

»Alles gut so weit, streiten sich, vertragen sich – wie das halt so geht in der Familie. Aber im Großen und Ganzen kann ich mich nicht beschweren. In der Schule läuft's gut bei den Kindern. Alles geht seinen geordneten Gang.«

»Schön zu hören, aber dann wärst du doch jetzt lieber zu Hause bei den Lieben und nicht hier in dem staubigen Büro. Weißt du was? Ich mache deine Sachen noch mit, dann kannst du zu deiner Familie. Mach dir einen schönen Abend!«

»Nein, Louis, das geht doch nicht. Außerdem, gerade die Adventszeit ist nicht so toll in der Familie, wie man denken könnte. Diskussionen über Weihnachtsgeschenke, Urlaub über die Festtage, die bucklige Verwandtschaft, die auch noch vorbeikommen will. Da hat man es alleine schon besser. Von daher kannst du mir gerne deine Unterlagen geben, das schaffe ich auch noch schnell weg heute. Als Single steht einem doch die ganze Welt offen, dann solltest du das auch nutzen.«

Louis winkt ab. »Das mache ich doch das ganze Jahr über, in der Vorweihnachtszeit kann man sich das gut verkneifen. Die Frauen sind gestresst oder übersentimental, viele auch gleich beides – nichts für mich. Also, auf Hans, rein ins Familienleben.«

»Nein, nein, lass mal. In deinem Alter wäre ich schon seit Stunden weg gewesen. Denk nicht an die Arbeit, lebe!«

Sie starren sich wieder eine geraume Zeit lang stumm an.

»Ja, lieber Louis, wenn es im Guten nicht geht.«

»Das ist mir gerade auch so durch den Kopf gegangen …«

Beide ziehen fast synchron eine Schublade in ihren Schreibtischen auf, jeder holt eine Pistole hervor, und sie zielen aufeinander.

Hans schüttelt den Kopf. »Irgendwie läuft das heute nicht so harmonisch ab wie sonst hier im Büro.«

»Das kannst du aber laut sagen.«

»Ich vermute mal, Louis, du hast ein Auge auf die Tageseinnahmen geworfen.«

»Dann vermute ich, wir hatten den gleichen Gedanken …«

Hans lächelt. »Also, Kollege, schießen oder teilen?«

»Hm ... das eine will ich nicht, das andere möchte ich eher nicht ...«

»Ja, Louis, so sieht's aus, aber wir können auch nicht ewig so sitzen bleiben.«

»Gut, Hans, ich denke mit je der Hälfte kommt jeder von uns klar, besser als tot sein oder einen Mordprozess am Hals haben.«

»Okay, Partner, machen wir das so. Dann aber schnell, wir haben schon genug Zeit vertrödelt.«

Es klopft an der Tür. »Hallo, Kollegen.« Herr Schneider kommt in das Büro. »Na, noch fleißig? Ich mach' heute ein wenig länger und wollte mal schauen, ob hier noch mehr Leute sind. Müsst ihr oder wollt ihr noch arbeiten? Ich könnte euch die Arbeit auch abnehmen, wenn ihr mögt. Ich mache mir nichts aus der Adventszeit, ich bin froh, wenn ich von dem Trubel nichts mitbekomme.« Er lacht die beiden an. »Los, los, ab nach Hause mit euch!«

Hans und Louis schauen sich an, heben ihre Pistolen und feuern auf den verdutzten Schneider.

Bretter, die die Welt bedeuten

»Nein, ich kann mir das nicht länger anschauen, Claudia.« Sie beugt sich nach vorne.

»Ellen!« Claudia hält sie am Arm zurück. »Bleib sitzen und benimm dich! Es hat niemand gesagt oder versprochen, dass es schön wird, und um uns geht es doch hier nun wirklich nicht.«

»Um das Publikum, es geht immer um das Publikum und nur um das Publikum!« Flehentlich hält sie ihre Arme über den Kopf.

»Na ja, Ellen, wir sind hier nicht im Burgtheater. Es geht doch eher um die Lust am Spiel – okay, das Publikum soll natürlich auch etwas davon haben.«

Ellen springt auf. »Schau dir das doch mal richtig an. Alle stehen auf einem Knubbel, das ist doch keine Inszenierung. Und was macht die Regie hier überhaupt?«

Claudia zieht sie wieder runter auf den Stuhl. »Wie gesagt, das ist Amateur- oder von mir aus auch Laientheater hier. Die spielen halt ein wenig, das wird schon werden, Ellen.«

»Amateur stammt von dem lateinischen amator – Liebhaber – ab. Liebhaberei«, sie springt wieder auf, »siehst du da Liebe, Liebe am Spiel, Liebe an der Kunst, Liebe an irgendetwas?«

»Setz dich wieder hin. Die andern gucken schon alle.«

»Lass sie doch.« Würdevoll dreht sie sich in alle Richtungen. »Wahrscheinlich erinnern sie sich an meinen Auftritt. – Damals! Was für eine Zeit, was für eine Vorstellung … das Publikum, der Jubel …« Völlig entrückt schaut sie zur Decke.

»Ja, deine Dornröschenaufführung in der Grundschule – ist aber auch schon ein paar Tage her, meine Liebe, um nicht zu sagen, Jahrzehnte.«

»Große Kunst kennt keine Zeit. Wie die antiken griechischen Tragödien und Komödien. Antigone, Die Perser – und in weiter Folge ich, als Dornröschen.«

Claudia stöhnt auf: »'ne Nummer kleiner haben wir's wohl nicht?«

»Warum sich kleinmachen? Und wenn ich mir dies hier anschaue, anschauen muss, dann ist mein Ruhm unverkennbar für jeden, der die Vorstellung damals erleben durfte.«

»Ellen, ja, du hast als Neunjährige einmal das Dornröschen gespielt, es war eine ganz nette Vorstellung und alle waren begeistert – wie Eltern das halt sind, wenn ihre Kinder Theater spielen. Aber irgendwann ist dann auch mal gut, insbesondere nachdem danach nichts, aber auch rein gar nichts mehr von dir in dieser Richtung kam.«

»Das, meine liebe Claudia, ist halt nur sehr wenigen vergönnt, zu erkennen, wann der Höhepunkt des Schaffens erreicht ist und man abtreten sollte von der Bühne, von den Brettern, die die Welt bedeuten. Schau dir diese jämmerlichen und bedauernswerten Gestalten dort an, sie hätten niemals auf die Bühne gedurft – wie elend und schwer wird der tiefe Fall bei denen sein, wenn der unvermeidliche Absturz kommt …«

»Ellen, wie schon gesagt, das ist nicht das Burgtheater, und ich denke mal, die Vorstellung wird ein großer Erfolg und alle werden begeistert sein vom Krippenspiel des Kinderhorts Spatzennest.«

Mit Schuss

»Sie dürfen den Becher auch gerne voll machen«, ruft Bert der jungen Frau im Stand zu, noch bevor sie das Getränk abgestellt hat.

»Sehen Sie den Eichstrich, der innen im Gefäß aufgebracht ist?«

Der Mann schüttelt den Kopf.

Die Frau lächelt. »Das geht auch nicht, der ist unterhalb des Glühweinspiegels.«

Bert schaut sie grimmig an. »Wer immer den da hingemalt hat …«

»Wir kaufen ausschließlich geeichte Behältnisse für unseren Ausschank. Wenn Sie dann noch vier Euro fünfzig für mich hätten, müssten alle zufrieden sein«, sagt die junge Frau entspannt.

Er klaubt in seinem Portemonnaie alles Kleingeld zusammen, bis er es endlich passend hat, und schiebt der Bedienung die Münzsammlung hin.

»Danke, der Herr, wohl bekomm's!

Bert nimmt einen ersten Schluck. »Der ist ja kalt«, schreit er durch den Glühweinstand.

Flugs ist die junge Frau wieder da. »Wie kann ich helfen?«

»Also, Mädchen.«

»Claire«, unterbricht sie ihn.

»Was?«

»Mein Name ist Claire, nicht Mädchen, nicht du da, nicht hey, usw.«

»Ehm, ja, also, Fräulein Claire.«

»Nicht Fräulein«, erwidert sie.

»Wie auch immer«, presst Bert heraus. »Mein Glühwein ist kalt.«

Claire hebt lässig die Schultern. »Der wartet halt nicht, bis Sie mit Geldzählen und Herumdiskutieren fertig sind. Der kommt heiß aus dem Topf, mehr geht nicht von unserer Seite. Trinken müssen Sie dann schon selbst, und wenn Sie sich dabei Zeit lassen, nun, dann ist er halt kalt.« Sie dreht sich um und geht ihrer Arbeit nach.

»Unverschämtes Frauenzimmer, so etwas habe ich ja noch nie erlebt.« Er schlägt mit der Hand auf die umlaufende Theke der Bude, die abgestellten Becher in der Nähe hüpfen ein wenig auf und ab, missmutiges Gemurmel der anderen Gäste richtet sich gegen Bert.

»Auch wenn alle anderen sich nicht trauen, ich sage, was los ist, ich sage die Wahrheit, ich halte nicht hinterm Berg.«

Claire eilt lächelnd zu ihm. »Womit kann ich denn dienen, der Herr?«

»Der Glühwein hier«, sagt er laut.

Claire wirft ein: »Ja, das ist Ihr Glühwein, den habe ich Ihnen eben frisch aus dem Topf heiß serviert. Edler Winzerglühwein, aus besten deutschen Trauben.«

Er schlägt wieder auf die Theke. »Ich will …!«

Sie beugt sich nach vorne und flüstert ihm ins Ohr: »Nimm dir einen Keks und verpiss dich, sonst trete ich dir in die Eier, du alter Sack.«

Bert schreckt stumm zurück.

Claire lächelt ihn an. »Darf es für Sie noch etwas sein?«

»Nein, nein«, stottert er und entfernt sich langsam von dem Stand.

Nach einem arbeitsreichen Abend verabschiedet Claire die letzten Gäste, der kleine Marktplatz leert sich zusehends, sie lässt die Planen am Stand herab und verzurrt alles gründlich. Kontrolliert nochmals, ob alles richtig verschlossen ist, und will sich auf den Heimweg machen. Plötzlich wird von der spärlichen Platzbeleuchtung ein riesiger Schatten auf sie geworfen.

»Tja, Claire«, Bert baut sich vor ihr auf, »so schnell sieht man sich wieder.«

Sie deutet gelassen auf den Stand. »Wir haben geschlossen. Morgen geht's weiter.«

»Ich habe aber jetzt Lust auf etwas Heißes, etwas richtig Heißes ... Was machen wir beiden Hübschen denn da?«

Claire grinst. »Zwei Straßen weiter ist eine Vierundzwanzig-Stunden-Sauna, ich denke mal, da ist es heiß genug für dich.« Sie dreht sich um zum Gehen, er packt sie an der Schulter und zieht sie wieder herum.

»Ich brauche etwas ganz Anderes und wirklich Heißes, nicht nur heiße Luft.«

»Aha«, sagt sie. »So einer bist du also, was ganz Heißes, wohl am liebsten mit Schuss?«

Bert atmet tief. »Für eine Zugabe bin ich immer zu haben, und wenn es ganz heiß und mit Schuss ist, dann umso lieber.«

Zwei Schüsse unterbrechen kurz die Stille der Nacht. Bert sackt zusammen.

»Ja, der Herr, zwei Schüsse sogar und ganz heiße. Ich hoffe, diesmal war unser Service zufriedenstellend und ausreichend für Ihre Ansprüche.« Claire packt ihre Taschenpistole weg und zerrt Bert hinter die Müllcontainer, schaut sich das Bild in Ruhe an. »Passt«, sagt sie kopfnickend und geht.

O Tannenbaum

»Wie lange dauert das denn noch?« Die Kinder zappeln unruhig auf dem Rücksitz.

»Nicht mehr lange, gleich sind wir da, und dann schlagen wir unseren Weihnachtsbaum selbst«, sagt der Vater, der den Minivan entspannt auf der Landstraße lenkt.

Die Mutter reicht den beiden Mädchen noch Pfefferkuchen nach hinten. »Aber Vorsicht mit den Krümeln!«, mahnt sie.

Fröhlich mümmeln die beiden die Plätzchen.

»Warum biegst du denn hier ab, Victor?«

»Warum soll ich hier schon abbiegen, wir wollen doch einen Baum schlagen, Iris.«

Sie schaut ihn kritisch an. »Das ist aber nicht der Weg zur Baumschule Tannenhof ...«

»Das nicht, aber der Weg in den Wald.«

Die Kinder stimmen »O Tannenbaum« an, das sie in Dauerschleife wiederholen, Iris wendet sich zu ihnen: »Schön macht ihr das.« Sie dreht sich wieder nach vorne. »Und nun zu dir«, flüstert sie. »Was hast du wieder vor?«

»Das weißt du doch, einen Weihnachtsbaum holen.«

»Du verschleppst doch nicht deine gesamte Familie in den Wald, um einen Baum zu klauen?«

Victor schaut sie gelassen an. »So ein Wald bietet sich aber an, wenn man einen Baum haben will.«

»Wie willst du das denn vor den Kindern rechtfertigen?«

Er steuert auf einen Waldparkplatz und stellt den Wagen ab. »Wir gehen spazieren, finden unseren Familienweihnachtsbaum und nehmen ihn mit – kein Problem. Dieses Weihnachten wird perfekt.«

»Das ist doch verboten. Wenn man uns erwischt, wird das teuer, sehr, sehr teuer – gerade in diesem Wald …«

»Wir sind da, alles aussteigen«, ruft Victor fröhlich. Die Mädchen wollen jubelnd aus dem Wagen springen.

»Nein, ihr bleibt drinnen. Niemand verlässt den Wagen.«

»Was soll das, Iris? Raus mit euch.«

»Wir gehen da nicht rein«, sagt Iris. »Nicht in diesen Wald.«

»Das ist doch ein Wald wie jeder andere …«

Sie starrt abwesend aus dem Auto. »Das ist kein Wald wie jeder andere.«

Victor stöhnt auf. »Ich dachte, deine Esoterikphase ist vorbei.«

»Hier geht es nicht um Esoterik, hier geht es um die andere Seite, die andere Welt …«

»Wann holen wir denn den Baum?«, quengeln die Mädchen.

»Gleich, meine Mäuse. Ich muss nur noch schnell was mit Mutti klären.«

»Da gibt es nichts zu klären. Wenn du in diesen Wald willst, dann geh. Aber diesen Weg musst du alleine gehen – gewarnt worden bist du. Da drinnen bist du nur auf dich gestellt. Auf dich allein.«

»Wir wollen mit, wir wollen mit …«, kreischen die Mädchen.

Iris legt je eine Hand auf die Köpfe der beiden und flüstert ihnen etwas ins Ohr. Sie schlafen sofort tief und fest ein.

»Was …? Wie – wie hast du das gemacht?«, fragt er.

»Eine Mutter kann so was«, sagt sie lapidar.

Victor schaut sie kritisch an. »Da habe ich bisher aber nichts von gemerkt.«

»Du kriegst vieles nicht mit, mein Lieber. Wir sollten zur Baumschule fahren und dort einen Baum schlagen.«

Er zeigt in den Wald. »Dort, da drinnen, da steht unser Baum.«
Er steigt aus, holt die Kettensäge aus dem Kofferraum und marschiert in den Wald. Bald kommt er zu einer kleinen Lichtung, in der Mitte steht ein geradegewachsenes Prachtexemplar von einer Nordmanntanne. »Unser Familienweihnachtsbaum!«, murmelt er ehrfürchtig. Er wirft die Motorsäge an und will das Werk beginnen, als er eine Stimme hört.

»Was machst du denn da?«

Er dreht sich um und sieht ein kleines Männlein hinter sich stehen. »Ich hole nur den Baum ab.«

»In unserem Wald?«

Victor wendet sich wieder dem Baum zu. »Unser Wald? Du stehst doch ziemlich alleine hier.«

»Er ist nicht alleine!« Plötzlich stehen sieben Männlein um ihn herum.

»Huch, ist hier ein Nest?«

»Dass Leute mit Sägen durch unseren Wald laufen, mögen wir überhaupt nicht. So was hat Konsequenzen«, sagt einer der sieben.

Victor hält drohend seine Kettensäge hoch. »Was denn für welche, kleiner Mann?« Er lacht schallend.

Die Männlein erheben ihre Arme, murmeln in einer unverständlichen Sprache, ihre Augen erglühen feuerrot, die Kettensäge verstummt. »Strafe muss sein«, tönt es nun im Chor, »aber wir schenken dir das Leben. Wir schenken es dir, schlaf ein, schlaf ein …«

Victor sinkt nieder und dämmert zügig in einen tiefen Schlaf.

Die sieben Männlein marschieren hintereinander zum Parkplatz.
»Hallo, Schneewittchen«, grüßt einer von ihnen.

»Nicht diesen Namen, nicht mehr, nennt mich Iris. – Was ist mit Victor?«

»Was soll mit ihm sein? Deinetwegen lassen wir ihn leben, aber der Frevler muss jetzt neunundneunzig Jahre schlafen. – Du kennst die Regeln.«

»Ja. – Na ja«, sie atmet tief durch, »dann sehen wir uns, wenn er wieder aufwacht.«

»Ja, bis dann, Schnee… ehm, Iris. – Frohes Fest!«

Feuerabend

Die Hütte liegt tief verschneit im eisigen skandinavischen Wald. Egon und Anita sitzen mit Gläsern eines edlen Rotweins auf den mit Rentierfellen bezogenen Sesseln. Das prasselnde Kaminfeuer strahlt eine wohlige Wärme aus.

»Das war eine sehr gute Idee, Anita: diesem ganzen Kaufrausch und Vorweihnachtsstress entgehen und sich einfach nur das Wichtigste schenken, Zeit.« Er riecht intensiv an seinem Wein.

Sie prostet ihm zu. »Vor allem gemeinsame Zeit, Premiumzeit sozusagen.«

»Da hast du recht, mein Schatz. Die Jahre im Skiurlaub waren noch schlimmer, als das Fest mit der Familie zu verbringen. Von wegen besinnliche Stille …« Er degustiert einen kräftigen Schluck Rotwein, sie tut es ihm gleich, greift dann nach der Fernbedienung und lässt die Hütte mittels Soundsystem mit Smooth Jazz fluten.

»Wir haben es gut, Egon. Uns geht es gut, besser geht kaum. Ein traumhafter Ort, um das alles ohne schlechtes Gewissen genießen zu können.«

Er stimmt ihr stumm zu. »Natürlich gibt es Menschen, denen es schlechter geht als uns beiden, wesentlich schlechter. Aber wir leisten unsren Teil für die Gesellschaft, und jetzt und hier ist die Zeit, sich zu besinnen, in sich zu gehen, das Gleichgewicht zu finden und zu genießen.«

Anita lächelt Egon entspannt und fröhlich zu. »Wir haben es verdient, haben es uns verdient. Es gibt keinen Grund für trübe Gedanken, und die Familie laden wir im neuen Jahr zu einem Brunch ein. Es geht ja um die Menschen, nicht darum, unter einem Weihnachtsbaum zu sitzen.«

»So machen wir das, Anita.« Er steht auf, füllt die Gläser nach.

»Wo du gerade stehst, Schatz, könntest du so lieb sein und mir ein Scheibchen Brot mit Käse bringen?« Sie klimpert mit den Augenlidern.

Sein Gesicht verfinstert sich ein wenig. »Hm … ich denke – ich denke mal nein …«

»Wie bitte?«, schreckt Anita hoch. »Das ist doch wohl nicht zu viel verlangt, deiner Frau etwas Brot und Käse zu bringen.«

»Nein – das heißt ja, also doch schon …«

»Das ist doch eine Unverschämtheit, wer hat das alles hier organisiert? Die Hütte? Die Flüge? Den Shuttleservice?«

»Das warst du, meine Liebste.«

»Und wer bereitet hier das Essen zu die ganze Zeit?«

»Das bist du!«

»Und was ist dein Beitrag für das alles hier?«, schnaubt sie.

»Du meinst von meiner angenehmen Gesellschaft abgesehen?«

Sie starrt ihn mit zusammengepressten Lippen an.

»Lass es mich mal so erklären, Anita, natürlich wäre es mir grundsätzlich möglich, dir Brot und Käse zu bringen.« Er macht eine lange Pause, sie läuft langsam rot an. »Aber, wäre das richtig? Wäre das gut? Dir eine Scheibe Brot mit etwas Käse zu kredenzen? Ich denke nein, das kann nicht richtig sein. Nicht hier, nicht heute.«

Sie krallt sich im Sessel fest. Er schreitet zu der kleinen Vorratskammer und holt eine große Platte mit Serrano-Schinken, Camembert, Bergkäse, Rauchfleisch sowie diversen Brotsorten hervor. »Wenn dir etwas zusteht, in aller Bescheidenheit, dann dies.« Er stellt die Platte auf den Beistelltisch zwischen den Sesseln. Er schaut auf die vor Freude stumme und weinende Anita. »Nein«, sagt er. »Nein, nein. – Das ist nicht genug!« Er holt aus dem Kühlschrank eine Flasche Champagner, die er gekonnt öffnet, und schnappt sich zwei Gläser. »So ist das gut und richtig.« Er küsst sie, setzt sich wieder, und sie beginnen, die edle Brotzeit zu verspeisen.

Sie lacht in liebevoll an. »Das war schon ein wenig fies von dir, mich so zu veralbern ...«

»Ein bisschen Spaß muss doch sein, mein Schatz.«

»Ja, Egon, alles ist perfekt.«

»Wenn man pedantisch sein wollte und auf allerhöchstem Niveau jammern möchte, dann stört es ein ganz klein wenig, dass die Flugzeuge hier ab und an über die Hütte fliegen. – Aber man hört sie ja fast kaum.«

»Ja, obwohl das jetzt gerade ist schon ziemlich laut und wird zusehends lauter.«

»Bestimmt nur eine alte Maschine, die tief fliegt, Anita. Das sollte uns nicht stören in unserer einträchtigen gemeinsamen Zeit, an diesem paradiesischen Ort.«

Eine große Explosion setzt mittels eines Feuerballs die Hütte und das gesamte Areal in Brand.

Die Schlagzeilen des nächsten Tages sind beherrscht vom Absturz des Mallorca-Party-People-Jets, der sich auf Nordlichttour befand.

Weihnachtswunsch

»Komm, Marie, da hinten können wir einen Glühwein trinken.«
»Jetzt? Es ist kurz vor Weihnachten, und wir haben kein einziges Geschenk. Für den Weihnachtsbesuch ist überhaupt nichts vorbereitet, und der Herr will Glühwein trinken?«

»Es ist doch früh am Tag, die Geschäfte haben diesen Sonntag noch lange auf, und in der Stadt sind wir ja schließlich schon mal.« Mit vorsichtiger Bestimmtheit leitet und schiebt David sie Richtung Glühweinstand. »Schau mal, da gibt's auch eine lebende Krippe, mit Ochs und Esel ...«

»Ochs und Esel? Meinst du, das braucht man noch, wenn man mit dir zusammen ist?«

»Still jetzt, ich hole den Glühwein und du entspannst dich.«

Wortlos lässt sie ihren Blick über das hektische Treiben des Weihnachtsmarktes wandern. »Entspannung! Wenn alles vorbereitet ist, kann ich mich noch genug entspannen. Jetzt stehen wir hier bloß dumm herum ...«, murmelt sie. »Wann gehen wir denn weiter, David?«

»Gleich, gleich – mach doch nicht so einen Stress! Es ist Advent, die Zeit der Erwartung und Vorfreude.«

»Lass uns erst die Geschenke kaufen, dann können wir ja immer noch Glühwein trinken und uns in Erwartung vorfreuen.«

»Die Geschenke sind im Handumdrehen gekauft, Marie.«

»Ja, auf jeden Fall. Wie der Gutschein für den Baumarkt letztes Jahr von dir.«

»Ist mir überhaupt nicht aufgefallen, dass du keine Freude daran hattest. Es war doch ein so behagliches, ruhiges, friedliches und gemütliches Fest.«

»Wie auch, David, wenn man sich flaschenweise mit Fusel volllaufen lässt?«

»Ich genoss ein paar Gläser von einem 25 Jahre alten Single Malt Whisky in aller Ruhe, in Würde und mit Ehrfurcht.«

»Ja ja, rede es dir nur schön, du Trunkenbold.«

»Dann willst du in diesem Jahr also keinen Baumarkt-Gutschein?«

Marie wirft einen gereizten, verächtlichen und giftigen Blick zu David.

»Sorry, nur ein Spaß.«

Marie starrt ihn wortlos und wütend an.

»Trink deinen Glühwein, Marie.« Er drückt ihr den Becher in die Hand.

»Okay. – Den einen Glühwein, und dann machen wir alle Besorgungen und Gänge, die noch zu erledigen sind, klar?«

»Ja ja, mal sehen …«, wirft David geschwind dazwischen, »alles wird gut«, und schaut etwas nervös auf seine Uhr.

»Nein, nein, auf keinen Fall mal sehen. Wir trinken jetzt aus, und dann geht es endlich los.« Marie setzt den Glühweinbecher zu einem mächtigen Schluck an. »Scheiße, ist der heiß«, flucht sie.

»Siehst du, Marie, immer schön langsam machen, das ist der Gesundheit zuträglicher. Nicht nur für den Mund, für den gesamten Körper, für die Seele und den Geist.«

»Wenn etwas alles andere als gesundheitsfördernd ist«, sagt Marie, »dann hier den Klugscheißer zu spielen, da kann prompt was zurückkommen.« Sie hebt drohend den Glühweinbecher.

»Trink das Zeug besser, das fördert die Stimmung, und dein Zwergenaufstand bleibt uns auch erspart.«

»Saufkopf, elender«, wirft Marie zurück, pustet in ihren Glühwein und nimmt einen winzigen Schluck.

David schaut hinüber zu der Krippe und in immer kürzer werdenden Abständen auf seine Uhr. »Na endlich«, sagt er leise. Von der lebenden Krippe nähert sich langsam ein kleines Mädchen als Engel verkleidet und marschiert über beide Backen strahlend in Richtung Glühweinstand. »Schau dort das Engelchen, es kommt direkt zu uns rüber.«

»Engelchen? Ich rackere mich ab, um das Weihnachtsfest vorzubereiten, kein einziges Geschenk ist gekauft, kein bisschen ist bisher geschafft. Und an den Feiertagen kann ich dann für den Besuch das Zimmermädchen, die Haushälterin und die Bedienung spielen. – Meine Familie ist ja wenigstens so anständig, abends wieder nach Hause zu fahren, aber die Sippschaft des Hausherrn nistet sich ja gleich tagelang ein. Du machst gar nichts, rührst nicht den kleinsten Finger – ich scheiß auf deine Engelchen!«

Das Mädchen im Engelskostüm wartet zitternd mit einem goldenen Umschlag in der Hand und Tränen in den Augen hinter der hysterisch schreienden Marie und streckt den Umschlag in ihre Richtung.

»Das Engelchen hat offenbar etwas für dich«, sagt David und deutet in Richtung des Mädchens.

»Was soll dieser verdammte Schei…«

»Marie, das Mädchen!«

Sie dreht sich genervt und wütend um. »Na, also her damit!«, und reißt dem Engelchen den goldenen Umschlag aus den Händen, das jetzt sichtlich verstört vollends in Tränen ausbricht, wegläuft und nach seiner Mama schreit.

»Dann lies doch, Marie.«

»Was ist das wieder für ein bescheuertes Zeug? Missbrauchst du jetzt schon kleine Kinder, um deine Baumarkt-Gutscheine unters Volk zu bringen?«

»Marie, lies!«

Wütend reißt sie den Umschlag auf und fischt eine bedruckte Karte heraus. Sie starrt auf den Text: »Einladung zur Feier der Verlobung von Marie und David, am ersten Weihnachtstag in Obersdorf.« Wortlos hält sie die Einladungskarte in zittriger Hand, den Blick jetzt fest mit weit aufgerissenen Augen auf David gerichtet.

»Natürlich nur, wenn du willst«, sagt er. »Wir sind dann dort in einem kleinen und feinen Hotel, zusammen mit der kompletten Familie. Du brauchst nichts zu machen, alles wird für dich erledigt, du wirst die Königin sein, meine Königin!« David geht in die Knie und streckt Marie einen goldenen Diamantring entgegen. »Bist du gewillt, mich zu heiraten?«

»Ja, ja natürlich, du lieber, süßer, dummer Trottel.«

Noch auf den Knien steckt er ihr den Ring an. Sie zieht ihn hoch und an sich, küsst ihn innig und leidenschaftlich, während leise Pulverschnee rieselt und alles weiß verhüllt. Aus der rasch entstandenen Menschenmenge um sie herum braust Applaus auf, stürmisch und mit heiterem Gejohle. Eine Blaskapelle beginnt mit der Melodie »O du fröhliche«, und alle haken einander mit den Armen unter und stimmen beschwingt und gerührt in das Lied ein. Der bedeckte Himmel öffnet einen Spalt über ihnen und gibt einen Stern frei, der seine warmen rotgoldenen Strahlen auf die beiden Liebenden aussendet. Im Hintergrund steigen weiße Tauben auf und scheinen dem Himmelskörper entgegenzustreben. Mit den ersten Böllern des beginnenden Feuerwerks reißt sie ihre Augen auf …

Marie nimmt schemenhaft die Einrichtung des Zimmers und das schnarchende Etwas an ihrer Seite im Bett wahr, boxt ihn in den Rücken und presst ein »Männer!« heraus, dreht sich um und schläft weiter.

O du Gnadenreiche ...

»Du hältst mich auch richtig fest, Schatz?«

Er brummelt einige unverständliche Worte, während Helga auf der Brüstung des Balkons hin und her hangelt, Spinnweben und Staub wegfegt.

»Warum starrst du denn so auf den Parkplatz, Karl?« Die Worte verhallen in der Dunkelheit des nasskalten Winterabends.

Nach endlos erscheinenden Sekunden des Schweigens sagt er trocken: »Mach's gut, Helga.« Er lässt sie los und schaut emotionslos zu, wie seine werdende Exfrau der Erde entgegeneilt. »Bis dass der Tod uns scheidet – versprochen ist versprochen.«

Der schrille Schrei wird abrupt durch den dumpfen Aufprall auf die menschenleere Betonpflasterfläche beendet.

»Jetzt sind sie beide nicht mehr«, murmelt er, während er die dahingeschiedene Helga vom Balkon im 5. Stock aus betrachtet. Rundherum ist alles still. Ihr Schrei, der Fall, blieben ungehört, unbemerkt von den Nachbarn im Haus und in der Umgebung.

Ruhig verlässt er die Wohnung und das Haus, geht zu der schwarzen Limousine, öffnet den Kofferraum und sagt zu dem kalten, leblosen Körper darin: »Ihre Gespielin ist nun auch tot, Chef.« Er setzt sich in den Wagen, fährt auf die Straße und steuert hinaus aus der Stadt Richtung offenes Land. Im Radio wird das Topthema des Tages vermeldet: »Razzia der Steuerfahndung bei Trimmelkorn & Cie., der Geschäftsführer ist in eine Steuerhinterziehung größten Ausmaßes verstrickt. Er ist zurzeit flüchtig. Bankbewegungen lassen vermuten, dass er Bargeld in einer Höhe von drei Millionen Euro mit sich führt.«

Karl streichelt den Pilotenkoffer neben sich auf dem Beifahrersitz.

»Da hatten Sie wohl zwei Millionen als Sicherheit schon länger in bar herumliegen, Chef«, sagt er, den Kopf leicht Richtung Kofferraum gedreht. »Fünf Millionen Euro, damit kommt man schon ein paar Tage über die Runden.« Karl biegt ab auf einen Waldweg und hält auf dem leeren Parkplatz des Naturschutzgebiets Teufelsried. Er öffnet den Kofferraum und bricht die Leichenstarre des darin befindlichen Körpers. Die sterbliche Hülle zieht er aus dem Wagen heraus, wuchtet sie über den hüfthohen Holzzaun des abgegrenzten Geländes. Mit Mühe schleift er den Toten zu der ausgedehnten Moorfläche und lässt ihn in die undurchsichtige Brühe gleiten. Karl schaut entspannt zu, bis der Verblichene zur Gänze versunken ist.

»Tschüss, Chef, vielleicht gibt's ja noch 'ne Zukunft für Sie im Museum als Moorleiche – irgendwann mal. Das wäre doch was, oder? Ein Höchstmaß an Aufmerksamkeit – genau das Richtige für einen eitlen Fatzke.« Der aufkommende Wind gibt den Sternenhimmel und den vollen Mond frei, schlagartig senkt sich die Temperatur und somit der Frost auf die regennasse Straße. Karl schlittert vorsichtig mit dem Wagen bis zur Hauptstraße, weiter Richtung Heimat.

Auf dem Parkplatz zu Hause herrscht hektische Betriebsamkeit. Feuerwehr, Polizei, Krankenwagen, alle sind vor Ort und gehen geschäftig ihrem Dienst nach. Einige Nachbarn hat die Neugierde in die Kälte getrieben, sie stehen in einem kleinen Pulk und beobachten aufmerksam das Geschehen. Aus der Gruppe löst sich eine Frau und strebt auf Karl zu.

»Guten Abend, Andes mein Name, Hauptkommissarin Andes, Kriminalpolizei. Sind Sie Herr Schneider?«

»Ja.«

»Karl Schneider, Hainbuchenweg 12?«

Mit gespielter Verstörtheit schaut Karl die Kommissarin an.

»Ja … was … was ist passiert?«

»Es gab einen tragischen Unfall. Ihre Frau ist vom Balkon gestürzt, anscheinend hat sie irgendwas am Balkon oder an der Fassade reinigen wollen. Der Notarzt konnte leider nur noch ihren Tod feststellen. Ein Haushaltsunfall, wie er leider nicht selten vorkommt.«

Karl sackt zusammen, wie er es wiederholt geübt hat in den letzten Tagen. »Immer und immer wieder habe ich ihr gesagt, sie soll nicht auf dem Balkon herumturnen. Richtig Streit gab es deswegen, ziemlich oft sogar.«

»Die Nachbarn haben mir das auch schon berichtet«, sagt die Hauptkommissarin und stützt ihn auf dem Weg zum Rettungswagen, ein Sanitäter nimmt ihn in Empfang.

»Wir können einen Seelsorger für Sie kommen lassen«, sagt Hauptkommissarin Andes.

»Danke, nein, es wird schon gehen«, sagt Karl leise. »Wo ist Helga jetzt?«

»Man hat sie schon zur Rechtsmedizin gebracht, reine Formsache, Standard bei unnatürlichen Todesfällen.«

»Kann ich jetzt in meine Wohnung?«

»Sicher«, sagt Andes, »die Tür war nur zugezogen, wir konnten sie ohne Beschädigungen öffnen. Was wir in Bezug auf den Unfall dort aufnehmen mussten, ist erledigt.«

Karl Schneider schlurft langsam und gebeugt zu dem Wohnblock und in seine Wohnung.

Aus seinem Weinvorrat holt er achtsam einen 2010er Schlossberg Spätburgunder, Barriqueausbau – zur Feier des Tages etwas ganz Edles. »Obwohl eine Flasche unter 50 € jetzt nicht mehr mein Niveau ist. – Aber wenn man gerade nichts Besseres zur Hand hat, muss eben das genügen, was da ist!« Mit seinem gut gefüllten Glas schaut er vom Balkon hinab auf den Parkplatz.

Das quirlige Treiben ist vorbei, menschenleer, wie ausgestorben wirken Platz und Straße. Karl schlurft, jetzt wieder gramgebeugt, zu seinem Auto und holt den Pilotenkoffer heraus. Leichter Schneefall überzieht das Land mit einem unschuldigen weißen Schleier. Auch der rote Fleck auf dem Pflaster ist nun nicht mehr sichtbar, als wäre nichts geschehen.

Zurück in der Wohnung macht er sich fröhlich ans Werk, mit Hunderteuroscheinen bildet er eine grüne Landschaft, aus den Zweihundertern einen gelben Stern, mit den Fünfhundertern eine Collage für einen abendroten Horizont. Glücklicherweise befinden sich in der Wohnung noch einige Zwanzigeuroscheine, um einen kleinen Fluss daraus zu basteln. Nun ran an die Fünfziger, es entstehen Häuser und Hütten. Flugs ist die Weihnachtsdeko herausgekramt, die Figuren ziehen in die Krippe ein und bevölkern die Landschaft. Der künstliche Weihnachtsbaum illuminiert mit warmem Licht das Zimmer und die entstandene Krippenlandschaft. Das Klingeln an der Wohnungstür ignoriert er und schaut stolz auf sein erschaffenes Kunstwerk.

Es pocht energisch gegen die Tür. Eine sonore Männerstimme tönt: »Bitte öffnen Sie.«

Er ist starr und regungslos vor Schreck.

»Wir wissen, dass Sie da sind«, hallt es in die Wohnung.

Die Farbe verlässt Karls Gesicht. Es wummert nochmals gegen die Tür. Was hat mich verraten, was für einen Fehler soll ich gemacht haben? Es hat mich doch niemand gesehen, oder? Und wenn doch, wo? Hier? Im Moor? In der Firma etwa? Irgendwo sonst? Oder doch eine andere Spur, die zu mir führt? Habe ich etwas vergessen? Er schaut auf seine Bastelarbeit. Wenn man das Euro-Winterwunderland hier sieht ... wie lässt sich das erklären? Aus dem 5. Stock komme ich jetzt nicht weg ... vielleicht gehen sie ja wieder. Wenn der Verdacht richtig konkret wäre, würden sie sicherlich nicht klingeln und fragen, ob sie reinkommen dürfen – dann würde es hier schon vor Bullen wimmeln.

»Herr Schneider, machen Sie doch auf!«

»Ja, sofort, einen Moment noch …«, ruft er mit zittriger Stimme Richtung Tür. Karl wirft schnell zwei Tischdecken über seine Krippenlandschaft, legt den künstlichen Weihnachtsbaum auf den Boden, um das zu verdecken, was es zu verbergen gilt. Es klopft wieder. Schnell legt er noch die Kette vor und öffnet vorsichtig die Wohnungstür einen Spalt. Draußen steht ein Teil der Nachbarschaft, die Krause von nebenan mit einer Auflaufform in der Hand. Er löst die Kette und öffnet die Tür.

»Wir haben gedacht«, sagt die Krause, »vielleicht haben Sie ja etwas Hunger.« Sie streckt ihm eine Lasagne entgegen. »Ich kann sie Ihnen schnell aufwärmen, wenn ich kurz mal in die Küche dürfte?«

Er macht keinerlei Anstalten, den Weg in die Wohnung freizugeben. »Vielen Dank für Ihre Mühe, aber im Moment ist mir nicht danach, später vielleicht«, er nimmt die Gabe an sich. »Dass sich so viele in diesen sehr schweren Stunden eingefunden haben, rührt mich sehr – aber ich hoffe, Sie haben Verständnis dafür, wenn ich jetzt noch etwas allein sein möchte. Ich brauche Ruhe.«

Mit Worten der Anteilnahme zerstreut sich die Gruppe schnell.

Er lässt die Tür zufallen, lehnt sich mit dem Rücken gegen sie, atmet tief durch und wischt einige Perlen kalten Schweiß von der Stirn.

Im Hausflur sind viele schwere Schritte zu hören, wieder ertönt das Klingeln an der Wohnungstür. Langsam dreht er sich um und erblickt durch den Spion eine Gruppe uniformierter Polizisten. Es klopft an der Tür. »Herr Schneider? Bitte öffnen Sie!« Ihm schlägt das Herz bis zum Hals. Er stellt die Auflaufform auf dem Sideboard im Flur ab. Vorsichtig drückt er die Klinke und zieht die Tür auf. »W-was k-kann ich für Sie tun?«, stottert Karl.

Einer der Polizisten fragt mit harter Stimme: »Können wir kurz mit Ihnen sprechen?«

Karl tritt einen Schritt in den Flur und zieht die Tür ein wenig bei, um den Einblick in die Wohnung zu erschweren. »Also im Moment passt es mir nicht wirklich. – Auf Besuch bin ich auch nicht eingerichtet.«

»Wir wollen Sie nicht lange aufhalten«, sagt der Polizist und zieht aus seiner Uniformjacke einen Umschlag hervor. »Den Erlös aus unserer Weihnachtstombola hatten wir eigentlich für die Kinder im städtischen Waisenheim vorgesehen.« Er streckt Karl das Kuvert entgegen. »Aber wenn in unserer Gemeinde das Schicksal so brutal zuschlägt, und das noch zur Weihnachtszeit, dann ist unsere kleine Spende hier doch besser aufgehoben.«

Karl nimmt dankend an, die Polizisten verabschieden sich und verlassen leise das Haus.

Karl geht zurück in die Wohnung und lässt die Tür ins Schloss fallen. Er schaut in den Umschlag auf die wenigen kleinen Scheine. »Was für liebe und brave Menschen«, schluchzt er gerührt. Eine Träne eilt über sein Gesicht. Karl stellt die gespendete Lasagne der Nachbarin in die Mikrowelle, lässt sie auf höchster Stufe einige Minuten heiß werden und verschlingt sie gierig. Dazu genießt er einige Gläser des roten Weines. Flugs stellt er seine Weihnachtsdekoration wieder her und betrachtet fröhlich sein Werk.

»Die Welt ist schön«, sagt er laut vor sich hin. Aus der Musikanlage schallt das Lied »O du gnadenreiche Zeit …« Karl wirft Bündel von Banknoten in die Luft und lässt die Scheine auf sich herunterschneien. »Ja, die Welt ist schön – und die Menschen sind mitfühlend, großzügig und gütig …«

Warenströme

»Einen trinken wir aber noch!« Er schenkt ihr großzügig das Glas nach.

»Aber nur noch einen, ich habe übermorgen Dienst, und wenn ich zu viel trinke, bin ich drei Tage lang tot.«

»Jo, Schwester, darauf trinken wir einen.«

»Du hast gut reden, Mann. Du hast ja jetzt frei, aber für mich fängt der Stress erst richtig an.«

Er leer sein Glas auf ex. »Ohne geistreiche Grundlage wird das nichts, Mädchen, lass dir das von einem alten Mann gesagt sein. Der Sprit ist die geistige Grundlage unseres Jobs.« Er füllt die Gläser wieder auf.

Sie zuckt mit den Schultern und trinkt. »Ich habe mich bei DHL beworben, aber die sagen, ich bin überqualifiziert – so ein Quatsch.«

Er nickt mit dem Kopf. »Wenn man sieht, was du so in einer Nacht raushaust, da kann man den Leuten schon recht geben.«

»Gut, aber ansonsten ist der Job doch relativ gleich, in der Privatwirtschaft sogar anspruchsvoller.« Sie stürzt den Obstler hinunter.

»Sag so was nicht, Mädchen, was zählt, ist die Passion und der moralische Background, das sind die Alleinstellungsmerkmale, die uns auszeichnen. Wir sind ja keine seelenlosen Boten wie die anderen. Ganz im Gegenteil, wir beseelen.«

»Pah«, tönt sie. »Die wollen doch nur ihren Kram haben, und dann will keiner mehr was von uns wissen. Hedonistisch, unmoralisch und verwerflich.« Sie greift sich die Flasche und füllt die Gläser erneut. »Man sollte diesen ganzen Unsinn abschaffen!«

»Ich glaube, du hast langsam genug getrunken, Mädchen. Es geht hier nicht um uns, auch nicht um die schlecht bis gar nicht erzogenen Menschen, es geht um das große Ganze.« Er nippt am Obstler und lässt ihn auf der Zunge wirken. Sie stürzt den Schnaps hinunter und schenkt sich wieder ein. »Nichts«, sagt sie und leert das Glas, »absolut um nichts geht es, jedenfalls um nichts Großes und Edles. Wir sind doch nur noch eine Art Geister aus vergangenen Tagen, die man ab und an herauslässt, wenn es den Menschen in den Kram passt. Es wäre ehrlicher und einfacher, uns outzusorcen, wie so viele andere auch. Die Traditionen sind doch nur noch Thema von Serien, Filmen und den Kirchen, wenn da in Zukunft überhaupt noch jemand hingeht.« Sie schaut auf ihr leeres Schnapsglas, schnappt sich die Flasche und trinkt direkt daraus.

»Mädchen!« Er springt auf und versucht ihr die Flasche abzunehmen, aber sie stürmt aus dem Raum. »Mädchen, komm doch zurück. Du kannst doch nicht einfach abhauen. Denk an die vielen Menschen, die an dich glauben, die dir vertrauen, die auf dich warten.«

Aber es kommt keine Antwort. Sie läuft aus dem Haus, in die Kälte …

TOPNEWS:
Norwegen. Auf der Insel Spitzbergen tauchte am späten Nachmittag des 22. Dezembers eine volltrunkene junge Frau auf, bekleidet mit einem antiquiert wirkenden weißen Gewand. Sie behauptete, das Christkind zu sein. Die herbeigerufene Polizei nahm die blond gelockte Frau in Gewahrsam und brachte sie in einer Zelle der Polizeistation zur Ausnüchterung unter.

Am nächsten Morgen wurde die junge Frau von ihrem Großvater abgeholt. Wie es zu diesem Vorfall kam, wurde weder von der Frau noch von dem Großvater erklärt oder kommentiert. Die junge Frau war sichtlich in Eile, da sie »zum Dienst müsse«, sagte sie.

Weltweit. Globale Probleme in der Logistik. In der Nacht zum 23. Dezember kam es aus bisher ungeklärten Gründen zu Verzögerungen und Unregelmäßigkeiten bei der Auslieferung von Paketsendungen. Die Dienstleister rätseln noch, wie es dazu kam und warum alle Dienste betroffen waren. Eine gemeinsame Task Force der Unternehmen arbeitet mit Nachdruck an der Klärung des Vorfalls. Im Laufe des Tages normalisierten sich plötzlich die Zustellungen der Dienste wieder, ohne dass es hierfür eine Erklärung gab. Sprecher der Logistikunternehmen konnten durch die Bank zusagen, dass bis Heiligabend alle durch die Störung betroffenen Sendungen noch rechtzeitig bei den Empfängern ankommen.

Geisel

»Geben Sie auf! Kommen Sie mit erhobenen Händen langsam heraus, und Ihnen wird nichts geschehen.« Einsatzleiter Möller lässt das Megafon sinken und schaut auf das durch ein SEK gesicherte Gelände. Es ist still, nichts bewegt sich, nur der Wind wirbelt ab und an etwas Pulverschnee auf. Möller wendet sich zu seinem Assistenten: »Starten Sie noch mal einen Versuch, ihn ans Telefon zu bekommen, Stiemel.« Kurz darauf dringt aus der Wellblechhütte ein klassischer Klingelton, wieder und wieder. Möller setzt das Megafon erneut an. »Bitte nehmen Sie Kontakt mit uns auf, gehen Sie an das Telefon. Wir müssen doch eine Lösung finden.« Weiter schallt das Klingeln aus der Hütte durch die Dunkelheit.

»Soll ich auflegen, Chef?«

»Eine Minute noch, Stiemel …«

Plötzlich reißt der Klingelton ab. »Was wollt ihr?«, dröhnt es aus dem Smartphone.

Möller reißt seinem Assistenten das Telefon aus der Hand. »Reden, wir möchten mit Ihnen reden und eine befriedigende Lösung finden.« Er verbindet das Gerät mit der Freisprechanlage des Einsatzleitungswagens und setzt sich an den Tisch des Vans.

»Ich will einen Transporter, mit ausreichend Ladefläche«, tönt es aus den Lautsprecherboxen.

»Uns stehen solche Fahrzeuge nicht zur Verfügung, so was kann dauern …«

»Das interessiert mich einen Scheißdreck, beschafft den Wagen – und zwar zügig.«

»Gut«, presst Möller heraus, »wie stellen Sie sich die Sache denn so vor? Wir lassen Sie mit dem Transporter einfach wegfahren, und alle sind zufrieden?«

Lachen schallt aus den Boxen. »Ich habe jedenfalls nicht vor, das Gelände einfach so zu verlassen. Wie es weitergeht und die Sache ausgeht, nun, das hängt schon davon ab, was die Polizei hier noch so anstellt.«

Möller schaltet das Smartphone stumm. »Haben die Scharfschützen Einsicht in den Raum und ein Ziel?«, fragt er seinen Assistenten.

»Nichts zu sehen, zumindest diesbezüglich ist der Kerl professionell.«

»Die Scharfschützen sollen sich weiter bereithalten und wenn möglich schießen.«

Er schaltet wieder auf laut. »Hören Sie, es ist ja bisher nichts passiert. Nehmen wir mal an, es würde sich ein unbeobachteter Moment ergeben, und Sie verschwinden. Alles wäre beim Alten, und das Vergessen legt sich über die Angelegenheit.«

»Vergiss es, mit leeren Händen verlasse ich das Gelände nicht. Und wenn der Transporter nicht bald hier auftaucht, dann werfe ich euch etwas stückweise über den Zaun, was ihr sicherlich nicht sehen wollt.«

»Nichts übereilen«, erwidert Möller, »wir wollen doch alle, dass die Sache hier gut ausgeht, für Sie, für uns, für alle.«

»Dann sorg dafür, dass der Transporter zügig hier vor der Tür steht. – In spätestens dreißig Minuten. Sonst ... sonst werdet ihr dann schon sehen ...«, schreit es aus dem Lautsprecher, und die Verbindung bricht ab.

»Haben Sie eine Idee, Stiemel?« Möller zündet sich einen Zigarillo an und versucht, den Rauch aus dem Auto herauszublasen.

»Na ja, Chef, es ist ja eigentlich nichts Relevantes passiert, jedenfalls nichts, was diesen Aufwand in irgendeiner Weise rechtfertigt. So sehe ich das jedenfalls. Wir sollten eine Möglichkeit finden, die Sache einfach zu beenden.«

»Sind Sie irre, Stiemel? Jetzt aufhören? Was dann? Den Kerl einfach weitermachen lassen?« Möller schlägt auf den Tisch. »Nein, so kommt der mir nicht davon, mir nicht!« Er springt aus dem Auto und nimmt tiefe Züge von seinem Zigarillo.

»Chef.« Stiemel steigt langsam aus dem Wagen. »Schauen Sie sich das doch mal alles ganz genau und in Ruhe an, ohne jegliche Emotionen, und dann beenden Sie den Wahnsinn. Ich rufe den Mann jetzt an, wir ziehen uns alle zurück, vergessen das Ganze und freuen uns, dass Presse und Fernsehen das nicht mitbekommen haben.«

Möller schmeißt die noch glimmende Kippe weg. »Der Kerl hat es mir versprochen. Fest zugesagt, ich habe bezahlt und jetzt ...«

»Das mit dem Geld lässt sich sicher regeln, ich kümmere mich um die Sache.«

»Darum geht es schon lange nicht mehr.« Möller starrt auf die Hütte. »Er gehört mir, mir, mir, mir ...«

Stiemel schüttelt den Kopf. »Und jetzt, wir stürmen los, er schneidet ihn klein, und dann? Wer hat was davon?«

»Wir müssen nur schnell genug sein«, murmelt Möller. »Er ist kein Profi, man kann ihn überrumpeln ...« Er starrt wieder mit irrem Blick auf die Hütte.

»Herr Möller«, sagt Stiemel streng, »ich entziehe Ihnen die Einsatzleitung und beurlaube Sie.«

Möller packt seinen Assistenten am Kragen. »Was fällt dir ein, du kleine Made, ich zerquetsche dich.«

Stiemel befiehlt zwei Uniformierte zu sich. »Nehmen Sie ihn fest!«

»Aber – aber er ist doch der Chef.«

»Ja, aber im Moment nicht zurechnungsfähig. Er ist eine Gefahr für sich selbst und alle in seiner Nähe.«

Die beiden Polizisten schauen sich fragend an.

»Na los, führt ihn ab!«, herrscht Stiemel sie an.

Möller zieht seine Dienstwaffe. »Nein, nein, Freunde, so einfach bekommt ihr mich nicht. Es ist erst zu Ende, wenn es zu Ende ist.« Er rennt mit gezogener Waffe auf die Hütte los. Auf halber Strecke bemerkt er Bewegung auf dem Grundstück, er bleibt stehen und schießt in die Luft. »Hallo, Arschloch, Zeit für das Finale ...«

»Dann komm doch, wenn du dich traust«, schallt es von dem Gelände. Am Tor ist schemenhaft ein Mann zu erkennen, neben ihm ein aufrecht stehendes, in Tüchern verpacktes, verschnürtes, mannshohes Etwas. Er übergießt es mit Benzin und zündet eine Pechfackel an. »Na, was ist los? Wo bleibst du denn?«, ruft der Mann.

Möller schaut einen Moment starr vor sich hin, dann sprintet er, wild schreiend, mit vorgehaltener Waffe los.

»Viel zu langsam, alter Mann«, ist von dem Tor zu hören. Er hält die Fackel an das verschnürte Paket, von dem sofort eine Stichflamme gen Himmel steigt.

Möller fällt heulend und jammernd auf die Knie und schlägt mit den Fäusten auf den Boden. »Meiner, das war meiner, meiner, meiner, meiner – mein Weihnachtsbaum.«

Drei Polizisten in Uniform werfen sich auf Möller, legen ihm Handschellen an und führen ihn ab.

Stiemel funkt alle Einsatzkräfte an: »Gut, das war's dann, das war der letzte Weihnachtsbaum der Stadt – von jetzt an dürfte es wieder ruhiger werden. – Also Feierabend für heute, und ich wünsche schon mal allen ein frohes Fest!«

Irgendwas ist immer ...

»Der Weihnachtsbaum brennt!«, schreit Siegfried durch den Flur und reißt den Feuerlöscher samt Halterung von der Wand.

Sabine schlurft kopfschüttelnd Richtung Wohnzimmer. »Nein, nicht schon wieder ...«

Siegfried stutzt. »Wieso schon wieder? Ist doch das erste Mal in diesem Jahr.« Mit einigen Sprühstößen aus dem Feuerlöscher erstickt er die lodernden Flammen. Das Pulver wabert zügig durch die Wohnung.

»Jedes Jahr das Gleiche, wann gibst du endlich den Scheiß mit den Kerzen auf? Du weißt doch, wie schwer es war, diese Wohnung zu bekommen, nachdem du die alte abgefackelt hast. Irgendwann werden wir keine neue mehr finden, die man uns vermieten will, und die Versicherung wird das auch nicht ewig mitmachen ...«

»Ich habe keine Kerzen benutzt, jedenfalls keine aus Wachs und mit Feuer.« Siegfried stellt den Feuerlöscher beiseite.

»Nein? Was hast du denn jetzt wieder angestellt?«

»Bei der VHS habe ich doch den Elektrokurs besucht. Und die Weihnachtsbaumbeleuchtung habe ich selbst gebastelt und installiert! Ist ja auch viel sicherer, und offenes Feuer soll man ja möglichst vermeiden ...«

Sabine massiert sich das Gesicht. »Na toll«, presst sie heraus, »das hat ja super geklappt. Zumindest steht die Wohnung noch halbwegs. Aber wenn du glaubst, ich werde jetzt hier den

Putzteufel spielen, dann hast du dich schwer geschnitten. Ich habe noch genug anderes zu tun heute.«

Mit einem Fuß schiebt Siegfried ein wenig von dem abgesetzten Löschpulver auf dem Parkett zusammen.

»Ist doch halb so wild. Mal kurz durchsaugen, und dann ist alles wieder gut.«

»Ah ja.« Sabine schaut auf die wie verschneit wirkenden Möbelstücke, Lampen und Bilder. »Wenn das so ist, muss ich mir ja überhaupt keine Sorgen machen. Das hast du ja dann ruckzuck erledigt ...« Sie marschiert Richtung Küche. »Der Tisch muss auch noch eingedeckt werden, Siegfried«, ruft sie im Gehen, »sag Bescheid, wenn du fertig bist. – Um die Küche kümmere ich mich dann schon.«

In einem großen Müllsack entsorgt er die Überreste des Weihnachtsbaumes.

Vorsichtig staubt Siegfried alle Einrichtungsgegenstände ab, holt den Industriesauger aus dem Keller und müht sich, das überall eingedrungene Löschpulver aufzunehmen. Plötzlich flackert das Licht, und ein knisterndes und brutzelndes Geräusch dringt durch die Wohnung. Er schreckt zusammen, lässt das Saugrohr fallen und eilt aus dem Wohnzimmer. »Sabine?«, ruft er noch im Flur. »Ich habe den Herd heute neu verkabelt ...« Er reißt die Küchentür auf, der Geruch von gebratenem Fleisch schlägt ihm entgegen. Er schaut einen Moment starr auf seine Frau und beugt sich zu ihr hinunter. Erfolglos versucht er, den Puls an der auf dem Boden liegenden und leicht dampfenden Sabine zu finden und zu kontrollieren. Doch der reglose Körper gibt keinerlei Lebenszeichen mehr von sich.

Er nimmt die Sicherungen heraus. Von den noch rot glühenden Herdplatten lösen sich Funken, die gleich Kometen durch den dunklen Raum gleiten.

Von draußen klingt das Festtagsgeläut der Pfarrkirche Sankt Florian in die Wohnung und kündet am Vorabend schon das bevorstehende Weihnachtsfest an.

Auf dem kleinen Platz in der Siedlung versammeln sich die Kinder aus der Nachbarschaft und stimmen das Lied »Stille Nacht« an.

Siegfried lässt sich auf einen der Küchenstühle nieder und seufzt: »Da bleibt die Wohnung mal halbwegs ganz, und dann geht die Frau kaputt. Irgendwas ist immer ...«

Zum guten Schluss

Für all jene, die den Wahnsinn der Adventszeit überstanden haben, was, zum Glück, immerhin der größte Teil der Menschheit ist, bleibt mehr als Hoffnung – es ist eine Aussicht, eine Verheißung, also fürchtet euch nicht und genießt, was da kommen wird!

Und damit kommen wir zu der Geschichte, auf die alles zustrebt und die Ursache dafür ist, dass es die Advents- und Weihnachtszeit und damit entsprechende Geschichten überhaupt gibt.

Weihnachtsgeschichte nach Lukas

Jesu Geburt. Es begab sich aber zu der Zeit, dass ein Gebot von dem Kaiser Augustus ausging, dass alle Welt geschätzt würde. Und diese Schätzung war die allererste und geschah zu der Zeit, da Quirinius Statthalter in Syrien war. Und jedermann ging, dass er sich schätzen ließe, ein jeglicher in seine Stadt.

Da machte sich auf auch Josef aus Galiläa, aus der Stadt Nazareth, in das judäische Land zur Stadt Davids, die da heißt Bethlehem, darum dass er von dem Hause und Geschlechte Davids war, auf dass er sich schätzen ließe mit Maria, seinem vertrauten Weibe; die war schwanger.

Und als sie daselbst waren, kam die Zeit, dass sie gebären sollte. Und sie gebar ihren ersten Sohn und wickelte ihn in Windeln und legte ihn in eine Krippe; denn sie hatten sonst keinen Raum in der Herberge.

Und es waren Hirten in derselben Gegend auf dem Felde bei den Hürden, die hüteten des Nachts ihre Herde. Und des Herrn Engel trat zu ihnen, und die Klarheit des Herrn leuchtete um sie; und sie fürchteten sich sehr. Und der Engel sprach zu ihnen: Fürchtet euch nicht! Siehe, ich verkündige euch große Freude, die allem Volk widerfahren wird; denn euch ist heute der Heiland geboren, welcher ist Christus, der Herr, in der Stadt Davids. Und das habt zum Zeichen: Ihr werdet finden das Kind in Windeln gewickelt und in einer Krippe liegen. Und alsbald war da bei dem Engel die Menge der himmlischen Heerscharen, die lobten Gott und sprachen: Ehre sei Gott in der Höhe und Friede auf Erden bei den Menschen seines Wohlgefallens. Und da die Engel von ihnen gen Himmel fuhren, sprachen die Hirten untereinander: Lasst uns nun gehen gen Bethlehem und die Geschichte sehen, die da geschehen ist, die uns der Herr kundgetan hat. Und sie kamen eilend und fanden beide, Maria und Josef, dazu das Kind in der Krippe liegen. Da sie es aber gesehen hatten, breiteten sie das Wort aus, welches zu ihnen von diesem Kinde gesagt war. Und alle, vor die es kam, wunderten sich über die Rede, die ihnen die Hirten gesagt hatten. Maria aber behielt alle diese Worte und bewegte sie in ihrem Herzen. Und die Hirten kehrten wieder um, priesen und lobten Gott für alles, was sie gehört und gesehen hatten, wie denn zu ihnen gesagt war.